AF381758

Note de l'auteur

Ce roman a été publié une première fois en 2002 par la maison d'édition Les 2 Encres. Cet éditeur ayant cessé ses activités en 2018, j'ai récupéré les droits et décidé, en la remaniant très légèrement, de faire vivre à nouveau cette fiction d'anticipation qui avait connu un franc succès lors de sa première édition et dont la trame reste terriblement d'actualité.

La mémoire interdite

Un roman
De
Jean-François Marival

Du même auteur
« La mémoire interdite » (première version). Ed. Les Encres.
Décembre (2002). La maison d'édition Les 2 encres a cessé ses
activités en mars 2018.
« Globe ». Ed. d'Orbestier (2004)
« Histoires pêchées dans les ports de Vendée », nouvelles,
éditions de l'Etrave (2006)
« Régénéresences », éditions de l'Etrave (2011)
« Libertinum », Cailho éditions (2018)

Édition : BoD – Books on Demand
12/14 rond-point des Champs-Élyssées, 75008 Paris
Impression: BoD – Books on Demand, Norderstedt, Allemagne
ISBN : 9782322272273
© Décembre 2020, Jean-François Marival

C'est une histoire « pour les enfants
qui naissent et qui vivent entre l'acier et le bitume,
entre le béton et l'asphalte,
et qui ne sauront peut-être jamais
que la terre était un jardin. »

C'est aussi une histoire pour les grands...

Préambule de Georges Moustaki

Qui avait lu ce manuscrit avant sa première publication aux éditions « Les 2 encres » en 2002 et avait écrit ceci :

« Ma rencontre avec Jean-François Marival s'est faite naturellement. Pour un article à écrire, il était venu jusqu'à mon perchoir de l'île Saint-Louis me poser ses questions de journaliste. Mais très vite nous est venue l'envie de confronter nos idées, nos goûts, nos aspirations. L'interviewer et l'interviewé devenaient deux amis discutant de tout, partageant tout, jusqu'aux silences. Quand il est parti faire son papier, il m'a laissé le manuscrit d'un roman qu'il venait d'écrire et qui fait référence aux paroles d'une de mes chansons. Ça m'a donné le sentiment d'avoir parrainé involontairement, fraternellement, la vocation d'un écrivain.
Plutôt que de rédiger la préface, je préfère lui dire que je suis touché d'être associé à son œuvre simple, directe, chaleureuse ».

Georges Moustaki
Poète, musicien, chanteur, compositeur, écrivain... Ami !

Chapitre 1

- Bah ! L'eau de vaisselle…
- Quoi ?
- Elle pue la merde !
En réponse, une gifle avait claqué, immédiate, sèche, comme les autres qui tombaient de plus en plus souvent.
- Quel idiot ! Comment ai-je pu mettre au monde un môme aussi stupide ?
La joue en feu, Victor avait attendu que l'eau s'écoule doucement par l'orifice de l'évier. Une ultime opération de plus en plus longue. Il venait de laver la vaisselle utilisée pour le déjeuner. Sa mère l'avait rangée. Cette corvée terminée, elle avait repris sa place, vautrée sur l'épais tapis en fausse laine, devant l'unique meuble du salon. Un immense écran de télévision numérique.

Le gamin s'éclipsa dans sa chambre et s'allongea, lui aussi, devant un écran plus petit. Mais les images défilaient sans capter son attention. C'est que, depuis le programme unique, la télévision lui paraissait fade, sans intérêt. Pourtant, comme tout le monde avait été contraint d'investir dans ces écrans à domicile, personne n'imaginait faire autre chose que les regarder. D'ailleurs, il n'y avait rien d'autre à faire, si ce n'est s'abrutir avec des jeux sur le même écran ou participer, via cet écran toujours, à des conversations virtuelles désincarnées. Tout cela l'ennuyait profondément…

En fait, les pensées de Victor vagabondaient bien loin de cette mère épuisée de lassitude, à qui il ne reprochait même plus ses excès de violence, bien loin aussi de l'émission de treize heures qui, chaque jour, décrivait les bienfaits d'une urbanisation maîtrisée grâce aux initiatives d'un gouvernement d'union, sans histoire.

Cette odeur dans l'eau l'obsédait autant qu'elle l'intriguait.

Certes avait-il exagéré en comparant l'eau de vaisselle à de la merde. Mais depuis des jours, en disant simplement que l'eau sentait mauvais, personne ne l'avait écouté. Et, ce matin-là, même le parfum gel douche n'avait pas suffi à couvrir les émanations écœurantes.

N'y tenant plus, l'enfant glissa son *appreneur* scolaire dans la poche et sortit. L'appareil était bien pratique. Un écran et un micro, le tout sur une plaquette qui rappelait à sa grand-mère la première carte à puce qui avait autrefois servi à téléphoner ou régler des achats. Toutes ses leçons tenaient dans ce gadget. On était bien loin du lourd cartable d'antan, imprudemment évoqué par grand-maman.

Qu'importe l'heure inhabituel pour sortir dans la rue, celle de la sieste, il voulait rencontrer un autre gamin. N'importe qui. Savoir si, comme lui, quelqu'un avait senti l'eau.

Dix bonnes minutes furent nécessaires à Victor pour descendre les étages. Même si le règlement interne des utilisateurs d'ascenseurs le considérait assez âgé pour cela, manipuler, à la main, les énormes poulies, représentait pour lui un effort considérable. Dans quelques mois, il aurait passé l'âge de la fameuse exemption et devrait alors, comme les plus grands, exécuter de la même façon la fastidieuse manœuvre pour monter, plus éprouvante encore. Le règlement avait fixé à quatorze ans pour les garçons et seize ans pour les filles l'obligation de fournir sa propre énergie pour l'usage des ascenseurs. Pour descendre, il fallait s'y plier dès dix ans, sans distinction de sexe.

Masquée derrière une vague motivation écologique, aucune raison économique ne motivait cette mesure. Comme beaucoup d'autres, elle avait été imaginée pour que chacun puisse occuper un temps devenu inutile.

Prendre son temps : telle était l'idée prédominante dans une société où il n'y avait plus rien à faire, ou si peu.

Chapitre 2

L'enfance Victor était peuplée de récits nostalgiques, ceux d'un grand-père évaporé à jamais dans ses souvenirs. La mort à portée de conscience, le vieil homme avait bravé l'interdiction absolue d'évoquer le passé. A son petit-fils, il avait parlé d'une jeunesse bien différente de la sienne, d'une jeunesse sans ennui, de ces stades qui grouillaient, nids de passion, de violences et de trafics en tout genre, mais aussi de chaleur et d'émotions, définitivement fermés. De ces bistrots, eux aussi vidés et proscrits, officiellement en raison de la débauche et de l'alcoolisme qu'ils engendraient. Mais avant tout, parce qu'on y parlait beaucoup et trop. Les critiques y naissaient. Les revendications y prenaient corps. Il arrivait même qu'on y fomente des révoltes. Le grand-père, encore fier d'avoir été mineur de fond, avait parlé de sa vie. Toute une vie de rencontres, peu à peu démantelée, compartimentée et enfin isolée, officiellement pour un motif sanitaire censé protéger les gens de virus en tous genres, en réduisant leurs relations au strict minimum.

En lui parlant de la sorte, le vieil homme avait mis Victor en danger. Le condamnant à savoir sans rien dire, il avait fait de lui une sorte de dépositaire de « la mémoire interdite ».

Oui, la vie du grand-père avait été bien différente de la sienne. Victor allait bientôt sortir de l'enfance et il comprenait, certes de manière encore très approximative, ce que son grand-père avait voulu lui dire. Dans l'univers de cette enfance, grâce au programme de la télévision unique, au journal unique, à la radio unique, on vivait tous la même chose. Mais chacun chez soi. Si bien que les thèmes de conversations pourtant ouvertes en permanence sur un réseau social virtuel offrant une illusion de liberté, étaient devenus eux aussi et, peu à peu, uniques, sans surprise. Progressivement, les gens dans la rue, avaient perdu le goût de converser. A distance raisonnable et le plus souvent derrière un masque de protection sanitaire, on échangeait par des regards entendus un sentiment forcément commun sur le sujet partagé du moment.

« Dictatures ! » s'indignaient encore une poignée d'opposants qui se faisaient appeler « les résistants ». Oh, ils ne fustigeaient plus l'une de ces dictatures violentes qui avaient sévi, et sévissaient encore en deux ou trois endroits du monde, mais au contraire, celle d'une communauté d'idées et, surtout, de compromis. Presque tous les partis politiques, vidés d'imagination et de personnalité à force de lisser leur image, avaient fini par se ressembler, puis par s'unir, créant l'Urisdé. En ne faisant plus qu'un, l'Union de République Indépendante Socialiste Démocratique et Ecologiste avait d'abord mis un soin méticuleux pour anéantir, définitivement, les réfractaires à cette union sacrée. Pour la plupart, officiellement, ils avaient fui. Mais on ne sait trop où dans ce monde pourtant totalement contrôlé par l'œil du satellite. Déjà, on touchait à la mémoire interdite. Victor n'aurait pas dû savoir cela.

A l'intérieur de l'Urisdé, parti majoritaire à 100 % du pourcentage inconnu de citoyens qui votaient encore pour le principe, chacun avait carte blanche dans un domaine réservé.

« République » faisait fructifier le patrimoine du pays, en collaboration avec toutes les autres nations qui, trouvant dans cet exemple la solution à tous les conflits, avait opté pour un modèle identique.

« Indépendant » avait en charge l'information.

« Socialiste » rendait la justice, dosait les libertés et répartissait la part des bénéfices destinés aux citoyens.

« Démocratie » veillait à l'instauration et au respect des règlements. Faisait régner l'ordre.

« Ecologiste » contrôlait l'hygiène individuelle, organisait la collecte et le recyclage des ordures et des excrétions.

Des cinq grands ministères composant l'Urisdé, le « é » d'écologie était celui qui mobilisait la plus grande énergie et dont l'activité croissait. Drôle de revanche pour une mouvance admise dans ce partage du pouvoir, uniquement à la faveur des sympathies rencontrées auprès de la population. Mais la réalité, (ça c'est le grand-père qui l'avait dit) la planète était désormais dirigée par quelques entreprises mondialisées, aux monopoles absolus, avec à leur solde, l'Urisdé.

Chapitre 3

Enfin dans la rue déserte, Victor estima le temps dont il disposait. Encore presque deux heures avant de rejoindre son point école. Un distributeur de savoir informatisé qui, quatre jours par semaine, chargeait son « appreneur » de la dose de leçons à étudier. Chaque élève y entrait grâce à un code personnel qui servait aussi à enregistrer une assiduité de passages strictement supervisée. Les contrôles de connaissance s'effectuaient sur le même appareil, au rythme de trois par mois, sans que le jour soit déterminé ni divulgué à l'avance. Les horaires individuels de passage, pour chaque élève, étaient établis pour la durée d'une année scolaire. Aucun cours collectif, plus de salle d'étude commune ni de cour de récréation. Confusément, Victor soupçonnait la même démarche que pour la fermeture des bistrots et des stades.

Il en était à cette pensée, à la comparaison de cette vie pilotée, en total contraste avec celle des récits de la mémoire interdite, quand un bruit étrange capta son attention. Quelque chose venait de frôler son oreille, émettant à la fois comme un bruissement, un bourdonnement, et même un peu de vent. Il ne l'entendait plus, mais avait parfaitement situé la direction dans laquelle le bruit s'était évanoui. Il n'y avait toujours personne dans la rue. S'y trouver à l'heure de la sieste n'était pas interdit. Mais c'était mal vu, avec quand même une tolérance élargie pour les enfants. Le bourdonnement avait filé en direction de la cité interdite.

Victor n'osait pas y croire. Tous ces signes correspondaient à ceux d'une mouche en plein vol. Mais de mouches, il n'en avait jamais vu ailleurs qu'à la télévision. La ville en avait été complètement débarrassée grâce à un système de nettoyage et de traitement automatique, qui fonctionnait la nuit.

A plusieurs reprises, il distingua le bourdonnement avec suffisamment de netteté et de clairvoyance pour en déterminer la direction. Une trajectoire erratique qu'il tentait de suivre, vers la gauche, vers la droite, revenant sur ses pas puis repartant de plus belle, intrigué, heureux, jubilant comme à l'approche d'une découverte extraordinaire. Excité par la perspective de voir enfin, en vrai et non sur un écran, un insecte vivant.

Quelques rues plus loin, lui sembla-t-il, Victor sut qu'il n'avait pas rêvé. Une dizaine de mouches d'un vert cuivré magnifique, volaient au-dessus d'une bouche d'égout. Un spectacle fascinant. Au début, Victor crut que les mouches décrivaient des cercles dans l'air. Mais, au fil de son observation, il perçut peu à peu des demi-tours, des changements de direction, tout cela au ras de la grille et à une vitesse incroyable. Et sans que jamais deux mouches se télescopent. Tout à ce fascinant spectacle, pour Victor, le temps ne comptait plus…

Chapitre 4

- Qu'est-ce que tu fais au-dessus de cette grille, tu ne sens pas comme ça pue ?!

Brusquement extirpé de sa fascination par une voix venue de nulle part, le premier réflexe de Victor fut de regarder l'heure incrustée sur son appreneur. Il avait soudain conscience de s'être laissé absorber au-delà du raisonnable. A tenter de comprendre les trajectoires de vol des mouches vertes, il n'avait pas vu le temps filer. Son horaire de passage au distributeur de savoir était dépassé. Il aurait des comptes à rendre et ça ne serait pas facile. Car la moindre dérogation à l'emploi du temps devait être expliquée, motivée. Quelques mauvais moments en perspective, assurément. Mais il se dit simplement que, décidément, ces mouches étaient infatigables pour voler aussi longtemps et aussi vite. La voix l'avait aussi alerté sur une évidence dont le spectacle du vol insensé des mouches l'avait distrait. Autour de la bouche d'égout, l'odeur était écœurante. La même que celle de l'eau de vaisselle. Il en était sûr.

- Qui a parlé, Où êtes-vous ?

Un silence pesant faisait écho aux interrogations de Victor. Toujours accroupi au-dessus de la grille, il regarda autour de lui, sans rien reconnaître.

- S'il vous plaît, monsieur, répondez-moi. Je ne sais plus où je suis. Je crois que je me suis perdu.

Le jour finissait sans qu'aucun lampadaire, qu'aucune lampe de sol à fibres optiques, ne se déclenche pour éclairer la rue déserte.

Les mouches avaient disparu avec le crépuscule. Et sans la présence de leurs bourdonnements, Victor mesurait l'ampleur soudaine de sa solitude. Au-dessus de la bouche d'égout, il n'avait pas bougé. De grosses larmes d'angoisse roulaient maintenant sur ses joues.

Quand la grille se souleva avec un bruit métallique, il sursauta, mais ne bondit pas en arrière. Autour de la grille, il y avait des mains, il y eut bientôt un visage. Et la voix de tout à l'heure.

- Tu dois te demander ce que je fais dans ce trou puant ?

L'homme était blond. Le visage pâle et les yeux à la fois très clairs et souriants. Plutôt un jeune homme qu'un homme d'ailleurs. S'appuyant sur la paume des mains, il extirpa un corps longiligne du conduit, s'assit au bord du trou en y laissant pendre les jambes. Sa propreté contrastait avec l'endroit nauséabond dont il sortait.

- Ça fait trois heures que j'attends que tu dégages d'ici pour sortir. Tu es seul ici ? Qu'est-ce que tu foutais ?

- Ben, heu, c'est les mouches.

- Ah oui. T'as vu, elles sont revenues. Mais quand même, trois heures à les mater… T'en avais jamais vu ou quoi ?

- Ben non…

- Mais d'où tu sors toi ? T'es pas d'ici alors ?

- Je sais pas où on est ici. Je crois que je me suis perdu en suivant les mouches.

- Oh là là… Mais on est dans la merde, mon pote.

- Vous n'avez qu'à m'indiquer la route, je saurai bien rentrer chez moi dès que j'aurai repéré une avenue éclairée. C'est en panne ici ?

- T'as quel âge ?

- Treize ans, bientôt quatorze…

- Toi tu viens de la ville… On peut pas te laisser partir. Mais tu vas voir, c'est pas mal ici. Et puis avec ce que je viens de voir, tu peux être sûr que dans pas longtemps, tu ne regretteras pas d'être arrivé là. Mon gars, comment tu t'appelles ?

- Victor. Eh bien Victor. Bienvenue chez les SDF !

- Vous existez encore ?

- Ah, tu sais donc que les SDF existent ?!

La panique et la confusion étreignirent aussitôt Victor, conscient qu'il venait de se trahir, d'avouer sans le vouloir que quelqu'un lui avait confié la mémoire interdite. Si l'autre, ce longiligne jeune homme blond, le dénonçait, il serait enfermé, pour toujours, mis au secret on ne sait où. Et avec lui toute sa famille et même les quelques personnes avec lesquelles il aurait été susceptible d'avoir parlé. Il avait envie de courir, fuir. Mais dans quelle direction ? Et dans cette pénombre… Et puis ce garçon l'intriguait. Il ne bougea pas.

- T'es un policier ? Tu vas me dénoncer ?

Interloqué puis franchement amusé, le jeune homme se mit à rire. D'un bel éclat de rire profond et sonore. Victor n'avait jamais vu qui que ce soit rire de cette façon, avec une telle spontanéité.

- Je m'appelle Jürgen et chez nous, les policiers, ça n'existe pas. Je crois bien qu'on va faire un bout de chemin ensemble. Bien obligés. J'ai des gens à te présenter, dit-il tout en remettant la grille en place.

Et il fit mine de se mettre en route. Sans trop réfléchir, Victor lui emboita le pas. Dès l'instant où il avait révélé sa connaissance de la mémoire interdite, il avait compris qu'il ne rentrerait plus chez lui. Du moins pas tout de suite. Son grand-père l'avait prévenu. Il aurait dû tenir sa langue et n'avait pas réussi. Mieux valait encore suivre cet étrange inconnu qui, en dépit des circonstances, lui inspirait confiance, plutôt que se confronter aux questions de l'impitoyable police de l'Urisdé.

Ils avaient pris une direction opposée à celle qu'aurait choisie Victor s'il avait voulu rentrer chez lui, celle d'une obscurité de plus en plus épaisse. Au début, il n'avait pas parlé puis, comme si le jeune homme blond avait compris à quel point le garçon avait besoin d'être rassuré, il lui avait décrit une partie de sa vie. Tout en marchant, Jürgen raconta à Victor comment sa grand-mère avait quitté l'est de l'Allemagne, au début du siècle, persuadée qu'à Paris elle trouverait plus facilement un travail. Comment elle avait réussi au début. Puis, sans trop rentrer dans les détails, comment elle s'était retrouvée dans la rue, SDF.

- C'est ma grand-mère qui a voulu que je m'appelle Jürgen. Comme le meilleur joueur de foot en Allemagne, qu'elle admirait quand elle était gamine. Elle raconte que c'est lui le père de ma mère. Qu'il lui a fait un enfant après un match contre la France. Qu'il avait même marqué deux buts ce soir-là. Moi je crois plutôt que c'est un des gars de la bande des supporteurs qui avait tout cassé au stade. Enfin, c'est pas important tout ça…

- Tu n'as pas peur de parler d'autrefois comme ça ? Arrête ! C'est interdit. On va avoir des histoires et moi j'ai envie de rentrer chez moi.

Victor avait lancé ces mots, par réflexe, pour croire encore qu'il pouvait faire marche-arrière et retrouver le confort, monotone mais rassurant, de l'appartement familial.

Jürgen s'était arrêté de marcher. Penché sur le visage de cet enfant déjà grand, les mains refermées sur ses épaules, il détacha bien chacun de ses mots. Comme pour les démarquer du caractère quasiment banal des propos tenus juste avant sur lui-même.

- Écoute-moi bien, Victor. Moi je ne t'ai pas demandé de venir te perdre ici. Tu en sais trop. Tu ne sais pas tenir ta langue. Et moi, je sais d'où tu viens. Y retourner serait trop dangereux, pour toi, comme pour nous.

Chacun jaugeant l'autre, l'échange de regards se prolongea quelques secondes, en silence. Entre les deux garçons, la confiance était installée. Chacun avait aussi mesuré la gravité de la situation.

- On sera bientôt arrivé. T'inquiète pas, c'est cool chez moi, lâcha Jürgen en se redressant pour reprendre sa marche.

Quelques pas plus loin, il sentit la main de Victor glisser dans la sienne. Il referma ses doigts sur elle. L'enfant pleurait sans un mot et sans bruit. S'il avait dû parler à ce moment-là, Jürgen sentait bien qu'il aurait pu pleurer aussi. Ne sachant trop pourquoi.

Chapitre 5

Ils marchèrent encore longtemps avant d'atteindre les premiers puits des mines désaffectée, dont Victor n'ignorait pas l'existence, mais croyait leur accès impossible, voire dangereux. Tout en avançant dans la nuit, il imaginait sa mère rongée par l'angoisse de ne pas l'avoir vu rentrer. Et dire qu'ils s'étaient quittés sur cette gifle. Sans doute ne se pardonnerait-elle pas ce geste qu'elle penserait déclencheur d'une fugue, ou pire encore. Elle n'aurait de paix avant d'avoir de ses nouvelles. Mais des nouvelles, il le savait déjà, il n'était pas près d'en donner.

Dans la cité fermée, la vie ne s'était pas arrêtée. Contrairement à la version officielle, toute une population s'y était retrouvée, organisée.

Pour intégrer cette organisation, Victor devait sans délai apprendre ses règles. Pour les appliquer ensuite, sans la moindre sensation de contrainte, il devait surtout apprendre l'histoire de cette cité. Dès le premier jour, il reçut donc ces cours d'histoire particuliers, pour une histoire très particulière.

La cité fermée avec commencé d'exister, quelques dizaines d'années plus tôt, peu après l'époque où les villes avaient voté leurs propres lois, de modestes arrêtés, prétendait-on alors, pour expulser les gens qui vivaient dans la rue. Le phénomène de ces expulsions s'était amplifié de lui-même. D'abord lentement à la fin du siècle, de façon presque marginale, voire honteuse. Une fois passé le cap de l'indignation, il s'était généralisé, normalisé, dans l'égoïsme et l'indifférence.

- En avançant dans les années 2000, les hommes n'ont fait l'effort de comprendre les grands principes d'humanité ayant nourri quelques grands idéaux du vingtième siècle. La société richissime, honteuse de générer tant de pauvreté, n'avait plus voulu voir cette misère. Lasse de faire semblant de guérir cette véritable gangrène, elle s'en est finalement débarrassée. Une sorte d'auto-amputation. Tu comprends ?

L'homme qui parlait était vieux et soigné. Il s'était présenté fort simplement : « je suis le professeur Balthazar ». Jürgen avait expliqué à Victor dès son arrivée que, comme il allait devoir vivre un certain temps dans la cité fermée avec les SDF, comme il devait connaître leur histoire et leurs règles, ce vieillard au regard vif lui enseignerait.

Autrefois, le vieil homme n'avait pas été, comme la plupart des autres ici, sans toit ni ressources. Il était professeur d'université, avait raconté Jürgen. Un homme singulier qui préféra rejoindre les exclus, alors même que le nouveau gouvernement de coalition né de l'Urisdé, appelé Résidu ici, lui proposait un portefeuille de ministre. Par ce geste, son ralliement spectaculaire à la cause des exclus, il espérait provoquer une réaction dans l'opinion publique. Mais les journaux, et surtout la télévision, rapidement contrôlés où acquis par le Résidu, l'avait vite oublié. Et l'opinion aussi.

Pour les enfants de la cité et pour ceux qui, comme Victor, s'y égaraient parfois, il s'était fait professeur de leur propre histoire. Ou plus exactement, de l'histoire de leurs parents.

Victor ne perdait pas une miette de ces cours étranges. En termes plus précis, avec des références et des considérations plus générales aussi, ils coïncidaient, à la date près, avec le récit confié, dans le plus grand secret, par son grand-père. La mémoire interdite.

« Le Prof », comme tout le monde l'appelait ici, parlait en gardant les yeux fermés. Comme s'il avait lu le récit de son histoire, si intensément vécue qu'elle en serait écrite, gravé, sur la face interne de ses paupières closes.

- Je sais déjà tout cela, monsieur Le Prof, avait interrompu Victor au bout de la première semaine de cours.

- Je m'en doutais un peu figure toi. Depuis cinq jours que tu es avec nous, tu n'as jamais paru étonné. Mais qui t'a raconté ? Commenter ou même évoquer le passé est interdit d'où tu viens…

- C'est mon grand-père. Mais il est mort maintenant.

- Tu sais des choses. Mais je crois que tu ne comprends pas vraiment ce que nous faisons ici.

- Je sais combien mon grand-père était malheureux d'avoir laissé faire tout ça sans rien dire, sans rien faire. Je crois qu'il avait un peu honte.

- Il croyait que les SDF s'était enfoncés plus encore dans la déchéance. C'est normal. C'est ce que disent vos informations, une propagande très bien organisée. Ils sont forts dans ce domaine.

- Grand père ne parlait pas trop des SDF. Plutôt de sa vie, avant.

- Nous parlerons de tout cela plus tard. Va passer quelques jours dans la cité avec Jürgen. Sinon tu ne comprendras rien à ce qui nous est arrivé. Ni à ce qui arrivera bientôt. Va ! Tu en sais suffisamment pour l'instant.

Chapitre 6

En cinq jours de cours avec le Prof, Victor avait l'impression d'avoir appris beaucoup plus qu'avec son appreneur et son distributeur de savoir en dix ans. Il percevait mieux la profonde solitude dans laquelle il avait grandi, bien qu'entouré des autres. Le Prof racontait la vie et la mort de sa société avec des références si précises qu'il n'était pas imaginable de mettre en doute ses propos. Pour ne rien oublier de ce récit, de ce témoignage, Victor le ressassait sans cesse. Il voulait trouver Jürgen pour commenter cette pitoyable histoire. Mais Jürgen s'était encore enfoncé dans les égouts. Il ne reviendrait pas avant la nuit. Il fallait attendre.

Quand le garçon blond émergea de son trou puant, Victor n'était pas loin. Il le tira par la main pour l'aider à sortir complètement.

   - Qu'est-ce que tu fais toujours là-dedans ? Ça t'amuse de jouer dans la merde ? plaisanta Victor.

   - Ça ne m'amuse pas, mais je crois qu'on s'amusera bientôt. T'inquiète pas.

Victor devinait qu'il n'en dirait pas plus et n'insista pas.

   - Le Prof m'a dit de rester quelques jours avec toi. Qu'on verrait ensemble la cité.

Jürgen le dévisagea, laissant jaillir sont joyeux éclat de rire.

- J'ai encore dit une ânerie ?

- Non, c'est le Prof qui me fait marrer. Les gens qui l'intéressent, il s'arrange toujours pour les garder à portée. Il a fait pareil avec moi et a fini par m'adopter, et ma mère avec quand mon père est mort en explorant la décharge radioactive. En te collant à mes basques, il est sûr de te voir tous les jours. Je vis chez lui.

- Il faut que tu me racontes tout. Ces décharges. Ces gens qui y sont morts. La cité…

- Pas de problème, mon gars. Si Le Prof a dans l'idée de te garder près de lui, c'est qu'il pense qu'un jour tu pourras être quelqu'un d'utile ici. Et j'ai l'impression que tu arrives juste à temps. Ta société, enfin celle d'où tu viens, va crever donc sa propre merde. C'est vraiment le cas de le dire…

Comme deux vieux copains, une sensation très nouvelle pour Victor, ils se dirigèrent vers les sanitaires communs. Jürgen avait quelques bonnes raisons, malodorantes, de vouloir se laver au plus vite.

Après la douche, dont la simple existence dans cet endroit étrange avait de quoi étonner, Jürgen, assailli de questions, avait fini par s'asseoir près de Victor, dans la salle principale de l'appartement du professeur Balthazar, pour donner des explications plus précises.

- Le monde a sombré dans la folie alors que toutes les conditions étaient réunies pour que ça marche. Des gens se sont levés, ont protesté, posant de simples questions : Pourquoi ? À quoi bon ? Mais ils n'avaient pas accès à la tribune, pas accès à la télévision en particulier. Il y avait bien eu quelques années de grande liberté d'expression sur des réseaux sociaux de l'internet.

Mais sous le prétexte qu'ils servaient à des organisations terroristes internationales, les satellites qui les relayaient ont été brouillés ou laissé à la dérive dans l'espace. La répression qui suivit fut terrible, surtout dans sa manière de convaincre que cette décision était salutaire pour les peuples. Et les réseaux ont été réorganisés par le biais des écrans obligatoires dans chaque foyer, chaque logement. Ceux que tu connais, au contenu maîtrisé par l'Urisdé. Leur totale gratuité suffit à faire admettre la supercherie à des populations cupides. La plupart de ceux qui s'y opposèrent ont été déportés ici même.

Jürgen parlait de la même façon que le prof. Le vieil homme choisissait avec soin ceux qui, après lui, seraient chargés de transmettre le témoignage. Victor en ferait partie et, par cet ami découvert au hasard d'une bouche d'égout, il découvrait une histoire incroyable. D'autant plus incroyable qu'elle était la sienne, celle de ses parents, de ses grands-parents.

- Bien avant cela, au milieu du siècle d'avant, une guerre avait impliqué pour la deuxième fois en moins de 50 ans, tous les pays du monde. En un peu plus de cinq ans, des millions de morts, surtout des Juifs, des Tziganes, des opposants politiques, massacrés de façon industrielle. Ça c'était nouveau.

« Plus jamais ça ! », ils ont dit. Et ça s'est plutôt bien passé pendant une cinquantaine d'années. Durant cette période, les sciences et les techniques ont fait des découvertes considérables. Pratiquement tout ce que nous connaissons aujourd'hui fut inventé à ce moment-là. Depuis, on a fait qu'améliorer les techniques, augmenter les performances. C'était pas facile car il fallait bosser dur. Mais tous pensaient qu'au bout de cet effort collectif, il y aurait un monde meilleur. La fameuse illusion de la société des loisirs. En fait quand les techniques ont été vraiment au point, que le boulot a commencé à se faire tout seul, le partage du temps libre et des bénéfices se sont faits d'une drôle de façon. Les gens avaient bossé comme des dingues, imaginant qu'au bout, la vie serait meilleure, au moins pour leurs enfants. Tu parles…

Le visage de Jürgen changeait au fil de son récit. Il n'avait pas connu cette époque mais la ressentait intensément dès qu'il la racontait. Perdu dans ces souvenirs qui ne lui appartenaient pourtant pas, son regard clair trahissait une réelle colère, difficilement contenue, les mâchoires serrées.

- C'est bizarre. Mon grand-père me racontait que, au contraire, il avait travaillé presque tout le temps. « Un véritable esclavage », s'étonna Victor, intervenu surtout pour calmer son ami.

- Oui tu as raison, acquiesça Jürgen, la voix redevenue plus calme. Leur partage du travail, c'était ça. Exactement ça ! Un partage drôlement « équitable » (il avait encore élevé la voix en prononçant ce mot), entre deux catégories qui finirent par se jalouser et se détester, entre ceux qui bossaient tout le temps et ceux qui bossaient peu ou pas du tout.

- Équitable ?

- Justement, c'était pas équitable du tout. Et c'est à partir de là que la machine s'est déréglée plus encore, comme avant leur grosse guerre. Et leur « plus jamais ça » est passé aux oubliettes. Pendant toutes ces années, des gens avaient travaillé avec l'espoir de gagner du temps de loisirs et du bonheur. À croire que ce temps gagné s'est retourné contre eux. Au bout d'un moment, tout devait être produit, ou la moindre tâche réalisée, tellement vite que plus personne n'a pris le temps de réfléchir aux conséquences de telle ou telle décision. Il fallait un résultat, et surtout du bénéfice, immédiatement.

Tout à l'évocation de cette mémoire, ni Jürgen ni Victor n'avaient remarqué l'arrivée du Prof, assis derrière eux. Jürgen racontait encore.

- Quand les SDF ont été déportés des villes jusqu'ici, c'était pour y disparaître. Ils l'ont bien compris. Ils ont alors simulé cette disparition en s'installant dans les galeries bourrées de déchets et d'ordures, échappant ainsi à l'œil du satellite qui les observait. Dans cet univers souterrain, ils ont appris à se déplacer sans bruit.

- Nous étions tout de même quelques-uns à réfléchir encore, intervint le Prof sur un ton amusé.

Les deux garçons sursautèrent en se retournant vers leur professeur. Visiblement, il avait envie de poursuivre lui-même la leçon.

- Mes amis et moi, et d'autres personnes à travers le monde, que nous ne connaissions pas, avions observé tout cela. Nous avions prévenu pas mal de conséquences très fâcheuses. Croyant, naïvement, être écoutés. Car ce n'était pas si compliqué. Un simple exemple pour vous aider à comprendre. Il est arrivé qu'ils fassent défricher tout un pays pour y accélérer la culture des terres. Il y avait forcément des conséquences à étudier avant de lancer de telles opérations. On arrache les arbres, on récolte pendant dix ou vingt ans et alors on s'aperçoit que les arbres ne sont plus là pour retenir la terre emportée par le vent et le ruissellement des pluies. Que cette eau ne trouve, à son tour, plus d'obstacles, plus rien pour la retenir. Et c'est comme ça qu'on a transformé en désert des pays entiers. Le plus étrange, c'est que des spécialistes prévoyaient tout cela. Mais ceux qui les payaient pour étudier ces conséquences et les prévenir étaient les mêmes qui défrichaient. Ils ne lisaient même pas leurs rapports. Ces spécialistes étaient juste là pour donner l'illusion que tout avait été prévu. Comme on les payait très cher, ils ne parlaient pas, la plupart du temps. Et à ceux qui auraient voulu parler, ont barrait l'accès aux grands circuits d'informations. Où on s'arrangeait pour les discréditer.

Ah mais si, les enfants ! Il y avait encore des gens pour réfléchir. Mais nous étions des orgueilleux. Persuadés que notre savoir nous assurait une considération automatique, naturelle. Scientifiques ou gens de lettres, le pouvoir ne nous intéressait pas et nous l'avions confié aux hommes et femmes politiques, longtemps proches de nous. Notre plus grande erreur.

Chapitre 7

Les galeries des anciennes mines couraient sur plusieurs dizaines de kilomètres sous terre. Les SD F s'y étaient d'abord installés, organisés en une espèce d'immense communauté. L'esprit communautaire n'avait pas faibli mais il s'était quand même adapté à un désir d'indépendance et d'intimité. « A un respect des différences », aimait à préciser le Prof. Le long des parois, des pièces avaient été creusées, et parfois même de véritables appartements, comme celui du vieux professeur.
 Il s'était levé et fouillait des documents en papier dans la pièce voisine. Ce qui intriguait beaucoup Victor qui n'avait jamais connu l'usage du papier. Il revint s'asseoir à même le sol, quelques photographies entre les mains.
   - Regardez, ce sont les derniers personnages politiques dignes de ce nom. Eux non plus n'ont pas vu que leurs successeurs n'avaient qu'une obsession : le pouvoir de l'argent.
Il s'agissait de quelques portraits. Des visages d'hommes et de femmes qui souriaient à leur photographe. Des anonymes pour Victor.
Ces gens-là représentaient des idées, des courants de pensée. Ils avaient de la culture et une certaine sagesse. Je ne comprends toujours pas pourquoi ils ont eu l'idée de créer une école de la

politique. Ceux qui en sont sortis n'étaient que des ambitieux, persuadés d'avoir raison sur tout. Alors qu'ils n'avaient pour toute expérience que leurs longues études. Ils ne pouvaient rien comprendre au bonheur d'un peuple. Les gens se moquaient d'eux. S'ils avaient pu savoir, sans doute auraient-ils moins plaisanté, commentait le Prof, en même temps qu'il présentait une nouvelle série de portraits.

Le regard de Victor s'arrêta sur l'une de Ces photos. Elle montrait un homme jeune que plusieurs personnes semblaient féliciter en lui offrant un objet.

- Oui c'est bien moi. On me remet le Prix international de la recherche scientifique. Je n'avais pas encore 30 ans. Tu vois, c'est vieux.

Comme Victor ne connaissait pas l'âge du Prof, l'indication ne lui donnait qu'une idée très approximative de l'époque où avait été prise la photographie. Cependant, elle confirma les propos tenus par Jürgen au sujet du Prof. Il avait bien été un personnage très important.

- Avec une équipe de l'université, nous avions fait une découverte extraordinaire. Son importance avait rendu fou de convoitise les dirigeants des plus grands pays et détenteurs des plus grandes fortunes. Nous, dans nos laboratoires, tellement absorbés par des recherches sur le point d'aboutir, on ne se rendait compte de rien. Ah, quels naïfs nous faisions !

Quand fut prise cette photo, nos travaux n'étaient pas terminés. Les quatre qui m'entourent, le grand au sourire forcé, le jeune aux allures de sportif, le petit asiatique en pyjama et le barbu obèse en soutane, sont les chefs des quatre plus grandes puissances de l'époque. Pour la poursuite de nos travaux, il nous fallait encore beaucoup d'argent. Ils avaient tout payé, à parts égales, pour que le procédé que nous étions tout près de mettre au point n'appartiennent pas plus à l'un qu'à l'autre. Un accord plutôt rassurant pour nous et pour le monde entier. Je peux dire aujourd'hui que leur empressement nous a tous sauvés. Je veux dire, nous, les SDF réfugiés ici

Au dos de la photographie, Victor pouvait lire un texte très court : *« le 24 juillet, remise du prix de la découverte scientifique au professeur Balthazar et son équipe pour leurs travaux sur l'immunisation et la décontamination radioactive. »*

Chapitre 8

De la galerie qui servait de couloir pour desservir les appartements creusés dans les parois, des voix montaient. Elles se rapprochaient et répercutaient des intonations joyeuses, quelques rires aussi, en total contraste avec l'apparence hostile de la drôle d'équipe qui s'arrêta devant la porte. Quatre hommes et deux femmes, la plupart très jeunes, faussement crasseux et vêtus d'accoutrements guerriers. La façon dont ils se saluèrent n'avait pourtant rien de belliqueux. Tous adressèrent un signe au Prof avant de continuer leur chemin dans les profondeurs de la galerie. Tous, sauf l'une des deux femmes qui entra dans l'appartement.

En voyant Victor qu'elle ne connaissait pas, elle lui adressa un sourire intrigué, traversa l'espèce de salon. En passant à sa hauteur, laissa trainer la main dans les cheveux de Jürgen, avant de disparaître dans une autre pièce.

Visiblement habitué à cette bande au profil de casseurs, mais au comportement pacifique, le professeur Balthazar rassemblait ses photos sans prêter attention à ce brouhaha dissipé aussi vite qu'il était apparu. L'instant d'après, la fille les rejoignait, débarrassée de la crasse artificielle qui lui maculait le visage, les mains et les jambes nues un peu plus tôt. Elle s'était changée, avait enfilé une chemise et un pantalon. Elle choisit de s'asseoir tout contre Jürgen et mit sa main dans la sienne. Sa peau métissée constatait avec la pâleur du jeune homme.

- Je te présente Annabelle, la femme que j'aime. Elle dit qu'elle m'aime aussi. Mais dis-moi, Victor, tu crois qu'une aussi belle sauvageonne peut aimer un type comme moi, qui passe son temps à traîner dans les égouts puants ?

Il riait de bon cœur, faisant mine de protéger, comme si la fille allait le frapper.

- Je me méfie. T'as vu sa bande de loubards…

Il en rajoutait, par jeu. Elle riait elle aussi en grimaçant un facies menaçant… Puis, cessant d'un coup sa plaisanterie, la fille se tourna vers Victor.

- Je sais qui tu es. Jürgen m'a dit. Normalement tu devrais te plaire avec nous. Tu peux m'appeler Anna, dit-elle.

Victor aima immédiatement ce cocktail de vigueur et de douceur. Elle le rassurait.

La drôle d'équipe que dirigeait Annabelle se réunissait pratiquement tous les jours, parfois la nuit aussi. Elle s'amusait beaucoup dans un rôle cependant essentiel pour la protection et la survie de la société SDF dissimulée dans les galeries des anciennes mines.

Sa mission consistait à tromper l'observation du satellite qui les surveillait. Si la police gouvernementale du Résidu détectait la cohabitation organisée et pacifique de la cité fermée, elle interviendrait à coup sûr. De quelle façon ? Personne ne le savait. Mais chacun avait compris qu'ici, leurs parents ou grands-parents avaient été déportés pour y disparaître. Au mieux pour y survivre, dans une totale déchéance et une atmosphère de forfaiture.

Anna et sa bande, des fous de théâtre, comédiens talentueux, jouaient à l'intention de leurs observateurs, le rôle de survivants dégénérés, violents et affamés, proches du chaos final. En d'autres temps, ils auraient peut-être reçu un prix d'interprétation pour ce scénario qu'il était interdit de jouer faux. C'est la communauté tout entière qui remettait, chaque jour à leur talent, le prix de sa survie.

Toutes les simulations figuraient à leur répertoire : bagarre, viol, racket, meurtre, épuisement, suicide. Et surtout celle de la dégénérescence qui rassurait, plus que tout ceux qu'il convenait bien t'appeler leurs geôliers. Plutôt que lutter à armes inégales contre la puissante police du Résidu, les SDF avaient compris qu'avec elle, il valait mieux ruser. Cette simulation de déchéance renvoyait à ces surveillants, l'image de surface d'une mission parfaitement accomplie. Les SDF espéraient qu'ainsi rassurés quant à l'évolution escomptée du plan d'extinction des exclus, le Résidu n'estimerait pas utile d'installer, à grands frais et pour la seule surveillance de quelques pauvres gueux, des techniques assez puissantes pour détecter davantage de vies dans les galeries de mines.

Des galeries qui, de toute façon, étaient contaminées par les déchets qui les avaient en partie comblées, notamment radioactifs, stockés au plus profond d'elles. Impossible d'y survivre à long terme. C'était sans compter sur la présence parmi cette population d'exclus, d'un professeur Blathazar que tout le monde avait cru mort après un coup d'éclat médiatique qui n'avait, en son temps, pas eu le moindre effet ni la moindre conséquence.

Chapitre 9

Victor apprenait tout cela en lisant, sur du papier, un rapport que lui avait confié le professeur Balthazar. Un mémoire rédigé par les historiens de la communauté SDF, persuadés qu'un jour viendrait où la mémoire ne serait plus interdite. Et que, en attendant et coûte que coûte, il fallait impérativement l'entretenir.

- Il est essentiel que tu lises cela pour comprendre dans quel monde tu es arrivé.

Ce rapport, Victor le lisait avec passion, comme il l'aurait fait d'un roman. Dès qu'il avait un moment, il reprenait sa lecture.

« C'était quelques années après l'attribution du prix international de la découverte scientifique. Le procédé était au point, mais le jeune professeur Balthazar et ses plus proches collaborateurs avaient décidé de ne pas divulguer la conclusion de leurs travaux. Ils en simulaient même la poursuite. L'équipe avait eu connaissance de choix et d'événements qu'elle

réprouvait. Elle espérait se servir de cette découverte comme d'un moyen de pression sur les gouvernements pour arrêter leur folie d'exclusion et leur connivence avec ceux qui absorbaient les richesses. Pour Balthazar et ses amis, le monde s'était engagé dans une décomposition qu'il était encore temps d'inverser. Mais il fallait faire vite.

Déjà, les échecs successifs de cultures intensives en Afrique avaient transformé la quasi-totalité de ce continent en désert. En certains endroits, il était encore riche de son sous-sol. Des peuples trouvaient ainsi quelques matières premières à échanger contre leur nourriture. Les autres avaient tenté de s'intégrer ailleurs, sans grand succès. Rejetés presque partout, ils avaient fini par s'éteindre, se massacrant entre eux, ou décimés par les maladies les plus banales ou des virus inconnus dont ils n'avaient plus les moyens d'enrayer la propagation.

Et tout cela, dans une indifférence très étrange, une bonne conscience confortée par des réactions sans lendemains. Elles étaient décidées par les pays les plus riches qui réunissaient leurs représentants dans des hôtels luxueux. Au terme de discussions toujours très longues, car les délégués n'étaient guère pressés de quitter ces véritables paradis, des opérations d'assistance se décidaient. A la télé, on les voyait toujours débarquant dans ces pays dévastés, chargés de bonnes intentions humanitaires, et n'agissant pratiquement jamais au-delà de ces débarquements médiatisés.

C'était la formule qui donnait bonne conscience à l'opinion de nations nanties, regroupées et unies par leur égoïsme, évoluant dans une opulence sans précédent.

Dans le même temps, très bizarrement, la population mondiale augmentait inexorablement. Les progrès techniques raréfiaient le besoin de main-d'œuvre dans les ateliers, au sein d'entreprises concentrées aux abords des plus grandes villes. Nourrissant encore une chance illusoire d'y trouver une place, même modeste, les gens des campagnes suivaient ces entreprises. Les populations s'étaient ainsi massées à leur tour autour des villes. Créant là des concentrations humaines démesurées et ailleurs des espaces ruraux quasiment déserts.

Ceux qui avaient un travail y passaient tout leur temps, de peur de le perdre à la moindre absence prolongée. Les autres vivaient dans l'attente, dans l'espoir, et très vite dans le désespoir. Sans revenus, sans logement, ils furent de plus en plus nombreux à vivre dans la rue, de mendicité et de charité...

Comme pour les pays transformés en déserts, la générosité avait été le premier réflexe. Mais, bien vite, cette pauvreté avait agacé les riches dont les gouvernements n'étaient rien d'autre que leurs délégués. Cette pauvreté rendait la nécessité du partage de plus en plus évident. Mais cette idée de partage leur était tout simplement insupportable. Alors ils avaient commencé par éloigner ces pauvres gens, les « sans domicile fixe », qui campaient dans leur rue, au bas de leur fenêtre. Timidement contesté dans un premier temps, cet éloignement avait rapidement pris des allures de déportation, sans que plus personne ne s'en offusque ou s'en soucie.

A cette époque, le pouvoir politique, déjà absorbé par le pouvoir économique, avait fusionné avec le pouvoir télévisuel. Le phénomène avait dépassé toutes les prévisions, toutes les imaginations. La bataille avait été rude. Un peu plus d'un siècle après son introduction dans les familles, la télé un moment, fragilisée par l'avènement d'un internet finalement détourné vers elle, avait fini par s'imposer. Tels des fenêtres supplémentaires ouvertes sur le monde, ces écrans étaient désormais incorporés à la moindre

construction. Par décret, les logements anciens avaient dû se mettre en conformité, comme s'il s'agissait d'un équipement aussi vital que l'eau ou l'assainissement. »
Victor apprenait tout cela sans surprise. Il avait grandi avec ce moyen d'informations exclusif, sans se poser alors la moindre question. Une autre chose, dont il avait à peine entendu parler, l'intriguait bien davantage. Ignorant tout de l'existence ancestrale pour lui de ce que le prof appelait « la presse écrite », ce qu'il lisait sur ce sujet le stupéfiait.
« Pour faire disparaître la presse écrite, les télé d'Etats, regroupées, devenues immensément riches, avait racheté les fabriques de papier. En vendant ce papier très cher, elles avaient provoqué la faillite des derniers journaux qui résistaient encore. Depuis, elle maîtrise la totalité de l'information puisque dans tous les cas maintenant, télé et radios ne font plus qu'une. »

Chapitre 10

Désormais, Victor comprenait parfaitement la façon dont l'opinion publique s'orienta, peu à peu, vers un raisonnement identique à chacun. Expliquer cette maîtrise finale de l'information paraissait essentiel au professeur Balthazar. Lui-même à cette époque ne s'était rendu compte de rien. Quand il avait refusé un poste de ministre et menacé d'accompagner les SDF dans leur déportation, il avait fort naïvement misé sur une réaction populaire. Il avait imaginé que cela susciterait un mouvement de révolte.

Trop tard ! Les derniers journaux indépendants avaient fini de paraître.

Les télés détournées avaient relaté son refus comme une démission, sans même lui donner la parole. En quelques jours sa notoriété de héros très populaire. Celle du scientifique proche du peuple, génial et précoce, ayant établi, dès l'âge de seize ans, l'hypothèse d'une possible immunisation contre la radioactivité, s'étaient transformée. La télé en avait fait un lâche qu'une trop intense activité intellectuelle avait conduit à la folie. On ne tuait plus les gens. On tuait leur image. Avec l'immense avantage de ne plus créer les martyrs dont se nourrissaient les oppositions. Le professeur Balthazar compris cela trop tard.

Avant cela, un matin, Balthazar avait découvert une jeune africaine, tout aussi digne et démunie, assise devant sa porte. Cela, Victor ne l'avait lu nulle part.

C'est Annabelle qui lui avait rapporté cette histoire : *« Vivant dans la rue la jeune africaine s'abritait chaque nuit sous le porche de la maison du professeur. Elle était arrivée quelques mois plus tôt, clandestinement cachée dans la cale d'un bateau. Au terme d'un voyage inconfortable qui lui avait néanmoins coûté toutes ses économies et sans doute un peu de sa vertu. Dans son pays d'origine, elle avait été une comédienne très prometteuse. Ici, elle n'était plus rien. Le professeur lui avait d'abord donné un peu d'argent pour qu'elle mange. Chaque fois qu'ils se rencontraient, elle lui parlait de sa passion pour le théâtre. Il lui confiait son goût pour la musique et la philosophie. Une conversation riche, passionnée, ininterrompue, qu'ils reprenaient toujours là où il l'avait laissée à l'issue de la rencontre précédente. Bientôt elle ne dormit plus sous le porche mais chez lui, puis avec lui. Il l'avait accueillie puis recueillie, par simple compassion d'abord. Puis ils étaient devenus follement amoureux l'un de l'autre.*

Puis, comme bien d'autres SDF et clandestins, la jeune femme était tombée dans une de rafle du Résidu. Elle avait disparu vers une déportation qui n'en portait pas le nom. Officiellement, les « sans domicile » étaient relogés dans d'anciens villages de mines, abandonnés depuis que leur sous-sol avait rendu toutes ses richesses fossilisées, charbon, sel... Des villages dont le pouvoir de l'Urisdé n'ignorait pas la probable contamination par les déchets stockés dans leurs profondeurs. Notamment des déchets radioactifs. Tous ces gens étaient donc destinés à mourir prématurément, à plus ou moins long terme.

Abasourdi par cette cruelle et cynique folie des hommes, le professeur Balthazar avait incendié son laboratoire de recherches. Il ne voulait plus offrir le fruit de ses travaux à cette humanité-là. Suivi par les cinq étudiants qui travaillaient avec lui, et qui lui vouaient une considération proche de la vénération d'un maître, il avait fui. On les avait cru morts, carbonisés en même temps que les résultats de leurs recherches dont aucune trace ne subsistait.

Or, dans le plus grand secret, ils avaient en fait retrouvé les SDF en déportation. Balthazar y rejoignait ainsi la jeune africaine qu'il aimait. »

Annabelle avait raconté ce désastre et cette fuite à la fois idéologique et amoureuse, comme elle l'aurait fait d'une des plus belles histoires d'amour, d'un amour passionné, d'un conte. Elle était la petite fille de ce couple insolite, exilé dans la pauvreté, formé d'un brillant professeur à l'abri du besoin et d'une artiste déchue, exclue, promise à la pire déchéance.

- Tu as hérité de ta grand-mère la couleur de ta peau et son goût prononcé pour la comédie, dit toujours mon grand-père.

- Elle était peut-être aussi belle que toi ajouta Victor qui ne cachait rien de la fascination qu'exerçait sur lui les allures félines d'Annabelle. Tu l'as connue ?

- Malheureusement non. Tu sais, au début, ce n'était pas l'espèce de paradis sous terre que tu as découvert aujourd'hui. Les gens déportés ici s'entre-tuaient vraiment.

- Elle a été tuée à ce moment-là ?

- Au cours des premières années, tu peux lire tout cela dans les archives, les femmes étaient beaucoup moins nombreuses que les hommes. Ils se battaient pour elles, les enlevaient parfois de force. Ma grand-mère, très convoitée, a disparu sans qu'on sache trop ce qui lui est arrivé. Ça se passait comme ça. Les gens disparaissaient ou mouraient, sans que plus personne ne se soucie de faire appliquer la moindre loi.

- Mais comment tout cela a-t-il cessé ?

- Peu à peu, deux camps se sont distingués. Celui des violeurs, tueurs, voleurs qui répondaient exactement aux prévisions de l'Urisdé, à une inéluctable autodestruction des SDF. Et puis le nôtre, enfin celui de nos parents et grands-parents qui pensaient au contraire que pour s'en sortir, il fallait s'unir, créer, s'organiser ensemble.

- Mais comment y sont-ils parvenus ?

- Ils avaient dans leur camp le professeur Balthazar et son équipe de chercheurs. Ils avaient emporté avec eux les conclusions de leurs travaux sur la décontamination radioactive. Ces savants connaissaient aussi les zones infectées par des virus et dans lesquelles il aurait été suicidaire de s'installer. Le camp des brutes, ignorant de tout cela ou en faisant fi, s'est trouvé affaibli puis décimé en quelques années.

- Comme l'avait prévu l'Urisdé…

- Exactement !

Chapitre 11

Cinq ans plus tard, Victor savait tout ou presque. Il savait surtout qu'un jour d'ennui, la trajectoire suivie par une mouche vert cuivré l'avait entraîné du bon côté.

Les cours du prof avaient complété les conversations avec ses nouveaux amis et les plus anciennes confidences de son grand-père.

Si la mémoire est interdite dans le monde où il a grandi, c'est parce qu'elle est terriblement honteuse. Et bien des gens s'y étaient pliés sans trop rechigner, par facilité. Car oublier, c'est un peu comme croire, à la fois plus facile et plus supportable.

Alors, en moins d'un demi-siècle, la société tout entière avait choisi d'oublier. Elle préférait gommer de sa mémoire la façon dont, peu à peu, elle avait réservé une partie de sa terre pour en faire une immense poubelle où ne croupissaient pas que des matières inertes. Au fond des galeries de mine désaffectées, elle avait jeté ses déchets. Ceux générés par l'énergie nucléaire mais aussi des millions de tonnes de matières synthétiques ainsi que des souches de virus créés pour d'hypothétiques guerres bactériologiques et devenus incontrôlables.

Au même endroit, mais à la surface, elle avait déporté des hommes, des femmes et même des enfants. Ceux qu'elle considérait comme ses déchets humains. Les désœuvrés et mendiants qui vivaient dans la rue, sans domicile fixe. Les SDF, promis à la mort et à l'accélération de leur déchéance, à proximité immédiate de stocks d'ordures hautement toxiques.

Cette société voulait bien des pauvres, tant qu'ils étaient capables de consommer pour faire fonctionner son système économique. Mais pas des démunis, un fardeau qui coûtait et ne rapportait rien. Car toute chose, toute action, toute existence devait générer profit, s'évaluer en valeur marchande, surtout les femmes et les hommes. Celles et ceux qui ne rapportaient rien, ne valez rien.

Cinq ans passèrent ainsi sans que Victor les voie défiler. Sa vie était devenue si pleine, si passionnante entre les études et les recherches, qu'il n'avait pas prêté attention à ces années qui filaient. Qui avaient fait de lui un jeune homme.

Chapitre 12

Cinq ans, tout juste cinq ans aujourd'hui, se disait-il. Et ce matin-là, tout en tirant la grille d'une bouche d'égout semblable à celle où, encore enfant, il avait rencontré Jürgen, Victor pensait à sa mère.

Imaginer ses parents, désemparés par sa disparition, était son seul souci dans cette nouvelle vie sans temps mort ni ennui. Mais Jürgen lui avait dit qu'il pourrait sauver sa famille lui-même. Il n'avait trop su jusqu'à maintenant, ni comment ni pourquoi, mais cela avait au moins laissé supposer qu'il les reverrait. Cet espoir l'avait porté. Même s'il ne savait pas quand, cette idée en forme de promesse ou de prévision, l'aidait à supporter la séparation familiale. Il se rendait compte à quel point il aimait sa mère. Même si sa position favorite, avachie par lassitude devant sa télévision, lui avait bien des fois donné envie de hurler.

- Tiens, mets ça !

En lui tendant un casque de mineur équipé d'une lampe au niveau du front, Jürgen le rappelait à la réalité. Ses pensées vagabondes s'envolèrent pour une satisfaction plus terre-à-terre : pour la première fois, il allait explorer avec Jürgen les mystérieux tunnels. Et cela l'exaltait. Mais l'excitation fut vite modérée par l'odeur écœurante montant du sous-sol et de sa pénombre. Sous ses mains, il sentait une échelle au métal froid, poisseuse mais lisse, à peine rouillé par le temps. Quand il posa un pied au fond, un liquide épais et frais enveloppa sa cheville. Il avait envie de remonter. Le rire de Jürgen l'aida à surmonter un sentiment grandissant d'insécurité.

- On aurait dû mettre des bottes. La semaine dernière, c'était encore sec ici. C'est bien ce que je pensais, ça va très mal.

- Mais qu'est-ce que c'est que ce liquide puant ? Pourquoi ça va mal ? Dis-moi, je veux savoir ! Nous sommes en danger ?

- Non pas nous, rassura Jürgen. Notre sous-sol est constitué de couches assez imperméables pour nous protéger. Ce n'est pas le cas de la grande ville d'où tu viens. Nous observons le phénomène depuis plusieurs années déjà…
Ils avaient avancé sur quelques centaines de mètres, leur pas contenus par ce liquide visqueux et silencieux. Ils s'étaient même habitués à l'odeur.

- Tu vois là ça commence à s'effondrer, dit Jürgen en dirigeant le faisceau lumineux de sa lampe frontale vers le plafond.

Dans l'épaisseur du béton, deux fissures montaient en biais de chaque côté de la voûte, se rejoignaient puis continuaient en une seule. Dans le sens du souterrain, elles dessinaient un « Y » sur une bonne dizaine de mètres. Des gouttes d'un liquide aux multiples couleurs sombres, forcissaient sur les bords de la brèche en forme d'avant dernière lettre de l'alphabet, toute en longueur. Elles glissaient doucement les unes vers les autres, renforçant à leur tour des gouttes, plus grosses, qui roulaient dans le sillon, jusqu'à l'endroit où le béton se refermait. Là, elles donnaient l'impression de vouloir s'accrocher à la paroi sans y parvenir, puis s'écrasaient sur le sol, à intervalles réguliers, avec un bruit étouffé. Ploc !... Ploc !... Ploc !

- Vaut mieux pas rester là, lança Jürgen après quelques minutes d'une observation perplexe et silencieuse.

D'un petit sac à dos auquel Victor n'avait même pas prêté attention, Jürgen sortit un flacon. Il en plaça l'ouverture dans la trajectoire de la chute des gouttes. Son regard passait de la trotteuse de sa montre au flacon qu'il reboucha au bout d'une minute et glissa à nouveau dans le sac de toile épaisse.

- On y va, désolé, mon pote, mais la visite est terminée pour aujourd'hui, dit-il en faisant demi-tour.

Tout en marchant vers la sortie, il touchait les murs, scrutait les plafonds. À la sortie du trou, les mouches, toujours aussi belles avec leur couleur vert cuivré, filaient dans l'espace leurs trajectoires insensées.

- Elles sont plus nombreuses que le jour où on s'est rencontrés, remarqua Victor, histoire de dire quelque chose et briser le soucieux mutisme de Jürgen qui lui pesait.

- Tu as le sens de l'observation. Tu en aura bien besoin si tu veux travailler avec moi. L'assainissement des grandes villes est complètement défaillant maintenant. Regarde.

D'une poche cousue à l'intérieur du sac, Jürgen avait sorti une grande feuille qu'il déplia soigneusement. C'était un plan des égouts souterrains qui bordent la ville, du côté le plus proche de la cité fermée.

- On vient de ce souterrain-là, tu vois. Ce plan, ce sont les amis du prof qui l'ont dessiné, tout au début de leur installation ici. Il est d'une exactitude qui m'impressionne toujours.

Sur les deux traits noirs représentant la galerie qu'ils venaient de visiter, Jürgen passa une couleur rouge. Déjà toute la partie gauche de ce labyrinthe était colorée en rouge.

Chapitre 13

Depuis quelques semaines, Victor alternait le rythme soutenu de ses études avec une vraie mission. Il avait enfin rejoint le laboratoire pour lequel travaillait Jürgen. Avec les autres chercheurs, tous aussi intéressés par le phénomène, ils avaient analysé la nature du liquide prélevé sous la voûte des égouts, calculé aussi la vitesse des infiltrations. Les résultats se révélaient conformes aux prévisions établies depuis plusieurs années déjà.

- Ta grande ville ne digère plus, avait simplement dit Jürgen. Désormais Victor possédait suffisamment de connaissances pour comprendre ce que cela signifiait. Le moment était venu de vérifier les hypothèses.

Une équipe devait être constituée pour aller constater sur place, parmi les habitants de la grande ville, si les prévisions s'avéraient exactes. Victor en serait. Ce qui signifiait qu'il allait bientôt repartir sur les traces de son enfance, avec Jürgen et Annabelle. Une équipe volontairement réduite à ces trois amis, pour conforter les chances de passer inaperçus là-bas.

La mission qui venait de leur être confiée entremêlait des sentiments différents chez les trois jeunes gens. Cinq ans après avoir si brusquement quitté l'appartement de ses parents, Victor tremblait d'appréhension à l'idée de prochaines retrouvailles. Quant à Jürgen, rien ne le motivait davantage que le recoupement de ses observations dont rien ne semblait capable de le distraire, sauf Annabelle. Une Annabelle qui semblait tout simplement heureuse qu'on ait pu la choisir. Elle testerait dans un environnement inconnu, ses talents de comédienne. Et surtout, elle accompagnait son petit-ami dans une véritable aventure.

Et le jour du départ était arrivé… Ils posèrent leurs sacs à l'entrée des douches. Annabelle insistait pour faire une grande toilette avant de partir, argumentant qu'elle ne savait pas ce qui les attendait là-bas.

Dans la salle d'eau commune, il n'y avait qu'eux à cette heure-là. A la façon dont ses deux amis s'isolèrent pour se savonner mutuellement, Victor compris qu'Annabelle, plus qu'une dernière douche, avait surtout souhaité un ultime moment d'intimité avec son amant, avant de plonger vers l'inconnu. Il abrégea ses ablutions et sortit les attendre dehors. Le regard de Jürgen qu'il croisa juste avant de refermer la porte derrière lui, valait n'importe quelle parole de reconnaissance.

Victor, assis à l'extérieur, contemplait le village fantôme qui le dominait, du haut d'une petite colline. Chacune des entrées des anciens puits de mine était équipée, d'origine, d'un bloc sanitaire. Les grossières canalisations en PVC paraissaient inusables. L'ensemble, taillé à même la pierre, sans la moindre construction en surface, semblait conçu pour traverser des siècles. L'eau était celle de la pluie, récupérée dans des bassins taillés dans la roche juste au-dessus des blocs. Elle était toujours froide. Comme les galeries étaient toutes ouvertes sur des terrains en pente, sous les blocs sanitaires, des trous percés dans la Pierre permettait une évacuation des eaux usées vers l'extérieur. Cet aménagement avait été mis en place par les SDF, lorsqu'ils avaient décidé de s'installer sous la terre et de simuler leur anéantissement progressif.

En surface, et sans les mises en scène de la joyeuse bande dirigée par Annabelle, le village paraissait complètement normal, bien que quasiment désert. I y a très longtemps, des mineurs y logeaient avec leurs familles, dans des maisons petites, collées les unes aux autres le long de rues étroites. Quand l'exploitation des mines avait cessé, pour la plupart, les gens étaient restés, ne sachant trop que faire. De pères au fils, ces travailleurs s'étaient passé le relais pour descendre « au fond ». Et cela depuis si longtemps qu'ils ne savaient rien faire d'autre et leurs enfants n'ont plus après que l'exploitation eut cessé. Quand le ministère de l'environnement avait décidé d'utiliser les puits abandonnés pour stocker les déchets, ils avaient été déplacés, relogés autour des villes. Avec l'illusoire promesse d'y retrouver une occupation. Mais on leur expliqua, sans toutefois les en convaincre, que leur travail coûtait désormais davantage qu'il ne rapportait…

Si des statistiques avaient suivi cette population dans son déplacement, elles témoigneraient qu'au cours des années qui suivirent, le suicide avait été la première cause directe de mortalité chez les anciens mineurs, leurs conjoints et surtout chez leurs enfants. Et que, plus tard, une partie des survivants avaient refait le chemin à l'envers, déportée parmi les SDF. Une déportation qui n'avait pas dit son nom. Encore une fois, elle s'était dissimulée derrière une démarche humanitaire surmédiatisée. Laissant croire que les contaminations en tout genre de ces endroits n'existaient pas, le gouvernement avait diffusé les images d'un effort important de réhabilitation de ces villages. Il avait expliqué que le but consitait de donner un toit aux gens qui vivaient dans la rue. Quand la mortalité avait progressé, l'Urisdé avait d'abord montré du doigt cette population, souligné son incapacité de se prendre en charge, puis expliqué les risques d'épidémie que cette « conduite irresponsable » faisait planer sur les habitants de la ville proche. Assez de motifs pour la marginaliser, l'isoler puis la parquer dans la cité fermée. Victor pensait à tous ces gens qui s'étaient d'abord entre-tués avant de s'unir dans une lutte patiente, ralliés aux thèses du professeur Balthazar, quand la conversation joyeuse de ses deux amis monta derrière lui. Enlacés, ils se tenaient par la taille, leur sac sur l'épaule. Ils étaient prêts.

- On suit le guide, lança Jürgen à l'adresse de Victor.

- Ah mais pour sortir d'ici, c'est Anna qui montre le chemin. Après on verra, répliqua Victor qui appréhendait de plus en plus le retour vers sa vie d'avant. Une vie, il le savait bien, qu'il ne reprendrait jamais.

Chapitre 14

Ils se mirent en route vers le village abandonné en contrebas, et qu'il leur fallait d'abord traverser. Percevant le trouble de ce grand adolescent devenu un homme, Annabelle lui prit l'épaule et le serra contre elle, tout en marchant, comme pour l'aider à aligner les premiers pas vers des retrouvailles que, tout à la fois, il souhaitait et redoutait.

Depuis que les SDF avaient simulé son semi-abandon sous l'œil de l'observateur satellite, la garde avait été relâchée autour de la cité fermée. Au début, toutes les voies d'accès avaient été contrôlées par la police du Résidu. Elles se contentait désormais de quelques rondes. Plus loin, entre l'ancien village de mineurs et la ville, sur une vingtaine de kilomètres, se dressaient des immeubles en enfilade. Sans porte ni fenêtre, ils ressemblaient à d'énormes cubes inutiles.

- L'intérieur de tous ces immeubles est radioactif, se mit à expliquer Jürgen.

Le Prof avait écrit plusieurs notes et manuscrits sur l'évolution de la société et Jürgen les avaient tous lus. L'un de ces ouvrages traitait ce sujet.

A une époque, les grosses et vétustes centrales nucléaires étaient devenues trop lourdes à gérer et entretenir. Elles exigeaient aussi trop de personnel qualifié. Une entreprise avait alors inventé un générateur domestique, une sorte de mini centrale individuelle d'appartement. Elle vendait son combustible directement aux particuliers, emballé dans de minuscules conteneurs étanches. Ils ne s'ouvraient automatiquement qu'une fois glissés à l'intérieur de l'appareil. Au début le système avait bien fonctionné. On achetait dans le commerce son combustible nucléaire, en même temps que ses boîtes de conserves ou son pain. Mais en vieillissant, les machines s'étaient déréglées, se mettant à fuir les unes après les autres. Tout une génération d'immeubles construits comme une couronne autour de la grande ville en constante extension, avait été contaminée. Comme il n'existait aucun autre moyen de lutter contre cette contamination radioactive, elle fut enfermée dans des cubes de béton coulés sur les immeubles abandonnés. Les arbres qui laissent s'envoler leurs feuilles à l'automne, ainsi que toute la végétation et surtout les fleurs avec leur véhicule de pollen, la terre des jardins, la poussière, le sable des bacs où jouaient les enfants, les insectes et petits animaux : tout était devenu suspect, susceptible de transporter la contamination. Alors on avait déraciné les arbres, déversé des tonnes d'un produit défertilisant, et enfin tout recouvert d'un béton, dérisoire touche d'esthétisme, en harmonie avec celui des immeubles.

La chaîne de ces énormes cubes, complètement désertée, constituait une barrière, comme naturelle, entre la ville et la cité fermée. Lorsqu'il l'avait traversée une première fois, le jour de sa rencontre avec Jürgen, Victor avait à peine remarqué à quel point cet endroit était étrange, complètement désert. Même les oiseaux et les insectes n'y survivaient plus. Pour qu'ils ne la détériorent pas, la carapace de béton posée sur la terre était traitée contre ces petits prédateurs. C'est pourquoi le retour des mouches vertes avait intrigué Jürgen qui, en passant par l'intérieur, était un habitué des lieux.

Comme l'aurait fait un guide, il expliquait comment la première génération des SDF déportés, réorganisée autour du professeur Balthazar, s'était introduite à l'intérieur des cubes.

Immunisés contre les effets de la radioactivité grâce au procédé mis au point par le Prof et une partie de son équipe, ces explorateurs d'un genre nouveau avait suivi les voies souterraines des anciens égouts, remonté les écoulements désaffectés en les élargissant pour pénétrer dans les immeubles. Presque immédiatement, ils avaient renoncé à s'y installer, même provisoirement. Y dissimuler leur présence s'avérait impossible et le confinement rendait ces espaces invivables. Alors ils s'étaient servis de ces appartements abandonnés comme d'un grand supermarché. Lors de leur évacuation, les habitants n'avaient rien pu emporter. Ils avaient même laissé les vêtements qu'ils portaient, pour voyager nus dans des caissons étanches, jusqu'à la zone saine où ils devaient être relogés. Tout avait été financé avec le capital réquisitionné des sociétés commerciales ayant installé les mini centrales individuelles. Elles étaient responsables de cette catastrophe, reproduite un peu partout autour des plus grandes villes du monde. En conséquence elles devaient payer puis disparaître. Telle était alors la nouvelle loi appliquée aux entreprises.

Vêtements, appareils ménagers, meubles, linges et même quelques produits de consommation de longue conservation, notamment le vin de garde, faisaient toujours le bonheur des

SDF de la cité fermée. L'équipe des explorateurs avait estimé à plusieurs centaines de milliers le nombre des logements abandonnés, en parfait état de conservation sous leur couche de béton. Elle avait aussi découvert quelques stocks importants dans des réserves de magasins, des entrepôts, des petites usines. Les explorateurs procédaient selon des règles méticuleuses. Ils ouvraient les passages et les consolidaient, assuraient la sécurité puis dressaient un inventaire. Le conseil des SDF, longtemps présidé par le professeur Balthazar avant qu'il ne s'estime atteint par une limite d'âge, superposait ensuite une liste de nécessités à celle des ressources ainsi découvertes. Les déménageurs prélevaient alors uniquement en fonction des besoins. En procédant de cette façon, la communauté vivant dans les galeries de mines de la cité fermée évitait les transports et les stockages inutiles. Elle connaissait surtout avec exactitude le détail des disponibilités dans la partie déjà explorée, à peine un quart de cette formidable réserve. Les SDF étaient ainsi sortis de la précarité dans laquelle ils survivaient.

Jürgen expliqua encore pourquoi l'amélioration de leur confort est considérée aujourd'hui comme une conséquence très secondaire de ces découvertes. Car, alors qu'il s'introduisait par le sol dans ces immenses réserves, le gouvernement de l'Urisdé organisait la réquisition de tous les livres. Officiellement, il s'agissait de récupérer tout le papier existant et de le recycler pour des nécessités prioritaires. Il avait expliqué que d'abattre encore des arbres pour fabriquer de la nouvelle pâte à papier, allait déséquilibrer l'écosystème planétaire de façon irréversible, qu'il fallait arrêter d'urgence. Un argument de façade encore que nulle n'aurait contesté tans il semblait aller dans le bon sens. Par décret, la réquisition fut imposée. La collecte massive s'apparenta souvent à de véritables perquisitions. Le ministère de l'Information avait promis un archivage de tous les livres, copiés dans une banque informatique. Il n'avait pas précisé que cette banque resterait fermée au grand public. Peu de temps après, livres et documents papier du monde entier étaient transformés en une montagne de pâte. Comme elle s'avéra inutile, on la transporta dans une zone polaire inhabitée pour une congélation naturelle de matière première. Dans la foulée, le gouvernement du Résidu avait promulgué la loi de « la mémoire interdite », en accord avec les gouvernements du monde entier, et en même temps qu'eux.

 Des cubes de béton désertés, les SDF avaient alors ramené livres, documents, encyclopédies, de manière systématique. Des équipes avaient été constituées pour organiser, dans une galerie de mine à la fois vaste et protégée, une bibliothèque de plus en plus riche. Peut-être la dernière du monde. Et depuis des décennies, des membres de ces équipes répertorient, classent, lisent, résument et surtout étudient. Leurs travaux ont bientôt intéressé une immense majorité de la population SDF devenue ainsi très érudite. Savoir constitue, pour elle que l'on avait voulu avilir et détruire, à la fois un plaisir et un défi : une revanche.

Victor, gagné par cette passion pour la connaissance, avait rapidement établi une comparaison avec la sécheresse intellectuelle du monde de la ville dont il venait. Avec les habitants de la cité fermée, il avait découvert les ressources quasi insondables de la réflexion, de l'initiative et de l'anticipation. Quand elles sont basées sur la connaissance et la philosophie. Une façon d'aborder la vie en totale opposition avec celle de la population d'exécutants laissée derrière lui au sortir de son enfance. Il la retrouverait ce jour-là, posant sur elle un regard neuf, la plaignant plus qu'il ne condamnait sa faiblesse et sa résignation.

Chapitre 15

Ils atteignaient la lisière de cette étrange forêt de cubes de béton et plongeraient bientôt et sans transition, sans que rien ne sépare les deux univers, dans l'immensité de la ville. Juste à la limite de ces deux mondes, ils croisèrent un homme dont quelques mèches de cheveux gris dépassaient des bords d'une casquette sortie tout droit d'un musée. Elle était tenue sur la nuque par un élastique. La visière et les côtés portaient une inscription : « *Amorce Sensas* ». En l'observant Victor réalisa à quel point les comportements étranges de la population au sein de laquelle il avait grandi, lui avait échappé.

Assis sur un siège pliant, le vieil homme attendait. Devant lui une canne à pêche en bambou qui avait déjà dû appartenir à son père, peut-être même à son grand-père. Aucun fil ne pendait au bout. D'ailleurs, le cours d'eau qui avait autrefois creusé le lit encore apparent d'une rivière, semblait évaporé sans montrer le moindre signe d'un hypothétique retour.

Lorsqu'il perçut une présence dans son dos, l'homme se retourna, posa un regard grave sur ses trois observateurs, et se mit à rire. Sans un mot, il sortit d'un panier une petite barrette en plastique d'une douzaine de centimètres, dont la couleur hésitait entre le blanc et le jaune. Levant sa canne à pêche vers le ciel, il saisit le fil d'une ligne accrochée à son imagination, puis l'enroula autour de la barrette, mimant des gestes lents et appliqués. Dans le même temps, il désolidarisait les bâtons de bambou qui, emboîtés du gros rigide au plus mince et flexible, constituaient la canne à pêche. Enfin il ramena vers lui le bout d'une ficelle nouée à la base de son siège et sortit du lit de la rivière tarie une bourriche vide. Son matériel remballé, il tira de sa poche une boîte à tabac vide, roula une cigarette que lui seul pouvait voir, la porta à ses lèvres pour se délecter d'une première bouffée invisible et inodore. Son numéro terminé, il allait partir le plus sérieusement du monde.

- Monsieur le pêcheur, goûtez celles-là, je crois qu'elles sont meilleures…

Stupéfait, l'homme saisit le paquet de cigarettes que lui tendait Annabelle. Après un très bref moment d'hésitation, il le glissa dans la poche la plus grande de sa veste. Et pour la première fois, parla !

- Où as-tu trouvé ça ?

- Au bureau de tabac, répliqua Anna, particulièrement adroite lorsqu'il s'agissait d'improviser.

- Ils sont fermés depuis plus de 30 ans. Et puis d'abord, il ne faut pas en parler, c'est interdit ! D'où viennent ces cigarettes ?

Le visage du faux pêcheur trahissait son inquiétude. Cependant, la curiosité semblait l'emportait sur la crainte. Il avait parfois rencontré des gens qui rentraient dans son jeu, qui simulaient avec lui des scènes du passé, faute de pouvoir en parler. La loi de « la mémoire interdite » n'avait rien prévu pour réprimer ce genre d'attitude.

Le paquet de cigarettes provenait du stock décontaminé, constitué grâce aux fouilles des cubes de béton qu'ils venaient tout juste de traverser. Bien entendu Annabelle n'en lâcha pas un mot à son interlocuteur. Personne n'osait plus parler, chacun jaugeant l'autre.

- Je ne connais pas votre nom, mais je sais qui vous êtes…

Jusque-là, Jürgen n'était pas intervenu. Comme dans une partie de poker, il jouait soudain très gros. Mais l'homme ne broncha pas, visiblement intrigué par ces trois jeunes gens au comportement trop direct pour provenir de la population résignée de cette ville.

Un mouvement de résistance passive contre le gouvernement de l'Urisdé s'était constitué. L'une de ses actions consistait à mimer des scènes du passé pour qu'elles restent, malgré les interdits, dans les mémoires. Les observateurs de la communauté SDF qui n'avaient jamais perdu le fil avec l'évolution de la société dont elle était exclue, en avaient connaissance. Jürgen Annabelle et Victor étaient aussi envoyés pour tenter d'entrer en contact avec ce réseau de résistance. En rencontrant ce pêcheur aux allures de fou, la chance leur souriait peut-être.

- Vous êtes un résistant. Nous avons besoin de vous, insista Jürgen.

- Mais l'homme ne parlait plus. Au fond de sa poche, sa main palpait machinalement le paquet de cigarettes. Incrédule, son regard sondait tour à tour chacun de ses trois interlocuteurs. Sa canne à pêche sur le dos, il enfourcha soudain une vieille bicyclette et fila vers la ville, sans même se retourner. Au bout de la rue, il passa à hauteur de deux policiers faisant leur ronde et qui, visiblement surpris, le suivirent du regard, sans se soucier des trois jeunes gens.

- Ne restons pas là. C'est peut-être un résistant. Mais c'est peut-être aussi un idiot qui va tout raconter, peut-être même un flic infiltré.

Annabelle ne jouait plus. Elle ramassa le sac qu'elle avait posé sur le sol pour en sortir le paquet de cigarettes d'une autre époque et qui avait tant troublé leur interlocuteur. Dessous, elle trouva la barrette en plastique que, dans sa hâte, le pêcheur avait oublié. Sans réfléchir, elle la glissa dans l'une des poches du sac.

Trois rues plus loin, ils obliquèrent vers la droite. Jusqu'à la sortie du désert de béton, Jürgen avait conduit la petite équipe. Mais depuis qu'ils avaient franchi les limites de la ville, c'est Victor qui montrait le chemin. Du coin de l'œil, il observa ses deux amis, se demandant s'il percevait les battements énormes dans sa poitrine. Il rentrait chez lui.

Chapitre 16

En cinq ans, le décor n'avait guère changé. Victor ressentait pourtant une ambiance bien différente. Certes observait-il sa ville avec un autre regard, tant il en avait appris sur elle dans la bibliothèque des SDF et en suivant les cours du professeur Balthazar, mais ne se souvenait-il pas avoir déjà croisé autant de gens dans la rue en même temps. De manière générale, les habitants de la grande ville restaient chez eux. Dans cette société complètement automatisée, les provisions étaient livrées à la porte des appartements. Pour que chacun puisse travailler et percevoir un revenu, les emplois étaient répartis de manière trimestrielle. Des mères de famille pouvaient en être exemptées, comme la mère de Victor. Mais les pères travaillaient tous, au rythme d'un trimestre sur trois.

À partir du moment où un couple avait un enfant, sa séparation devenait quasiment impossible. Pour bénéficier d'un logement et rentrer dans le cycle de partage du travail, les couples étaient prioritaires. En conséquence de ces règles simples, tout le monde vivait en couple et personne, bon gré mal gré, ne se séparait.

Pour harmoniser la pyramide des âges de la société et éviter les déséquilibres entre le nombre de femmes et d'hommes, les naissances étaient programmées pour chaque foyer. Le sexe de l'enfant à naître devait être déterminé par un traitement médical préalable à la fécondation. En fonction des logements disponibles, des ressources alimentaires et des besoins estimés de consommateurs, chaque pays savait combien il devait déclencher de naissances. Le plan de reproduction par nation était établi par périodes de vingt ans, mais renégociables tous les dix ans au cours d'une convention internationale.

Depuis qu'il avait eu connaissance de sa mission, Victor avait toujours imaginé de la même façon les retrouvailles avec sa famille. Après avoir expliqué à Jürgen et Annabelle comment s'y prendre pour manipuler l'ascenseur manuel, il se voyait frappant trois coups à la porte de l'appartement, attendant quelques minutes, le temps nécessaire à sa mère, vautrée sur l'épais tapis de laine, pour rassembler le courage de se lever, enfiler une tenue descente. Elle ouvrirait, suffoquerait d'une surprise hésitante, entre colère et soulagement, en reconnaissant ce fils disparu depuis si longtemps. Il ne savait plus si son père serait libre et présent, ou convoqué pour son trimestre de travail.

En approchant de son immeuble, il souriait à l'idée de ce scénario. Tant il battait fort, il se demandait si son cœur n'allait pas exploser, quand il fut interpellé par une voix familière. Devant lui se tenait une femme obèse, comme la plupart des femmes qui déambulaient anormalement sur les trottoirs. C'était sa mère…

- Mais maman, qu'est-ce que tu fais là ?

A peine posée cette question, Victor réalisa son incongruité, posée par lui qui n'avait plus donné la moindre nouvelle depuis cinq ans.

Il était plus grand qu'elle à présent. Quand elle l'étreignit sans un mot entre ses bras épais, il sentit sur ses cheveux une odeur qu'il ne lui connaissait pas. Elle pleurait sans un bruit, paraissait complètement désemparée.

- Excuse-moi mon fils. Tu avais raison, lui souffla-t-elle à l'oreille.

Voyant que Victor ne comprenait pas le sens de ces excuses, elle lui dit plus fort et bien en face : « L'eau, elle pue la merde ». Et elle lui asséna une gifle comme jamais encore il n'en avait reçu.

- Celle-là, c'est pour m'avoir laissée sans nouvelles depuis au moins un an, à cause d'une malheureuse gifle.

- Cinq ans, maman. Cela fait cinq ans. Et ce n'est pas à cause de cette gifle. Si tu crois ça, rassure-toi, je l'avais même oubliée. Non, maman, il y a bien plus grave…

Elle voyait bien que son fils avait changé. Elle le regardait, stupéfaite qu'il soit devenu un homme. Ils rirent tous les deux et s'étreignirent encore.

- Ce sont mes amis, Annabelle et Jürgen. Viens, montons à l'appartement. Je n'ai pas disparu à cause de ta gifle. J'ai beaucoup de choses à te raconter, nous sommes fatigués et nous avons faim.

Chapitre 17

Jürgen s'amusa beaucoup à actionner le système manuel d'ascension. La mère de Victor était une femme encore jeune, ronde et molle de partout. Elle passa la main droite sur la serrure digitale et la porte de l'appartement coulissa, comme avait coulissé celle de l'ascenseur. Une dizaine de mouches vertes passaient d'une pièce à l'autre. D'un geste machinal, elle les dispersa. Les fenêtres, coulissantes elles aussi, étaient toutes ouvertes, en dépit de la fraîcheur qui tombait avec la nuit. Tout en sortant quelques plats reconstitués sous vide, elle expliquait comment, depuis quelques semaines, elle naviguait entre l'envie de tout fermer pour maintenir les mouches à l'extérieur, et celle de tout ouvrir pour évacuer l'odeur.

Elle expliquait à son fils que c'était bien l'eau qui sentait. Qu'elle en était certaine désormais. Elle s'émerveillait que lui, son fils, l'ait senti avant tout le monde. Elle l'avait dit aux policiers, envoyés par le superviseur des affaires scolaires à qui l'ordinateur avait signalé les absences répétées aux rendez-vous fixés à l'appreneur de Victor. Une affaire vite classée. Et, depuis la fin de l'enquête sur cette disparition, leur salaire familial avait baissé d'un tiers, Victor étant fils unique. Elle était désolée pour son fils qui ne pourrait revoir son père avant plusieurs jours.

Comme la plupart des hommes, il avait été réquisitionné pour fabriquer et distribuer, avec la livraison bihebdomadaire de vivres, des désinfectants conditionnés sous forme de gélules. Chaque gélule correspondant à une dose de traitement par litre d'eau à consommer, c'était bien pratique. Bien sûr il y avait l'odeur. Et contre ça, les désinfectants n'agissaient pas. Il faudrait sans doute s'en accommoder. Elle ne savait pas combien de temps cela durerait, la télé n'avait pas encore abordé le sujet. En fait si, où avait-elle la tête. Elle oubliait ce jour où un présentateur avait donné le mode d'emploi des désinfectants. Parfois, l'odeur l'incommodait tellement, qu'elle descendait dans la rue. Mais ça l'ennuyait de marcher ainsi sans but. Elle préférait la télé. Alors elle remontait. Un tas de gens se comportait comme elle. Elle en était convaincue, même si dans la rue, on ne se parlait pas. D'ailleurs, avant, personne ne sortait dans la rue. Il y avait bien une raison pour croiser tout ce monde dehors… Elle parlait, parlait, parlait.

Affamée, Annabelle croquait dans la reconstitution d'un gâteau, d'une bien belle apparence, mais sans la moindre saveur. Elle prit l'initiative d'interrompre le monologue dispersé de la femme.

- Mais alors, qu'est-ce qui se passe avec cette odeur dans l'eau ?

- Ah ça, je ne sais pas ! Répliqua-t-elle, visiblement déconcertée par une telle question. On le saura bientôt, par la télévision.

- Mais, dans la rue, que disent les gens ? Interrogea à son tour Jürgen.

- Eh bien, rien. Les gens ne parlent pas dans la rue. Vous le savez bien.

Elle parlait moins, observait désormais le jeune couple, intriguée, un soupçon de dans l'expression de son visage.

- Mais d'où venez-vous, vous deux ? Et qu'est-ce que vous faites avec mon fils ?

Machinalement, Annabelle s'était penchée, ouvrant les lèvres sur le filet d'eau projeté au-dessus d'une petite fontaine fonctionnant en circuit fermé. Elle avait vu la mère de Victor y verser une dose de désinfectant et s'y désaltérer.

Un parfum de latrines envahit ses papilles, alors que le liquide frais coulait déjà dans sa gorge. Bondissant en arrière, elle ne put réprimer un violent haut le cœur, porta les mains vers sa bouche et vomit entre ses doigts, son joli gâteau sans saveur. Cette fois, elle ne jouait pas la comédie.

À en juger par son air, la mère de Victor semblait stupéfaite. Mais, elle demeura sans réaction. C'est son fils qui prit Anna par la taille pour la guider vers les toilettes. Il ne prêta aucune attention aux suppliques maternelles trop tardives lui enjoignant de ne pas faire coulisser cette porte. En un clin d'œil, ils se retrouvèrent cernés par la puanteur et un nuage de mouches vertes, face à une cuvette dégoulinant d'excréments. Un nouveau haut le cœur secoua le corps d'Annabelle, des pieds à la tête. Elle n'avait plus rien à vomir. Heureusement pour lui, Victor, intrigué par l'attitude de sa mère, n'avait encore rien mangé. Il se contenta d'une méchante nausée et passa, instinctivement, les doigts sur la commande digitale. La porte ne l'avait pas oublié et se referma.

- Mais quel genre de femme es-tu devenue pour accepter une telle merde ? Il y a des services pour déboucher les canalisations. Il suffit de prévenir et ils viennent dans la journée, parfois même dans l'heure. C'est sur le contrat. Tu le sais. C'est toi qui disais toujours ça. « C'est sur le contrat ».

Victor hurlait plusieurs colères à la fois. Celle de retrouver une mère sans réaction, résignée, ignorante et passive. Celle de recevoir, chez lui, ses nouveaux amis à l'hygiène impeccable, si éduqués, si érudits, dans des conditions plus déplorables encore que tout ce qu'il avait pu craindre depuis leur départ de la cité fermée. Le choc des connaissances, il l'avait imaginé. Mais en aucun cas cette confrontation à une crasse qu'il n'avait, d'ailleurs jamais connue. Mais que s'était-il passé durant son absence ? Il redoutait qu'Annabelle et Jürgen l'associent à cette déchéance.

- Ils ne viennent plus.

Le corps épais de la femme avait glissé doucement, appuyé contre le mur, trahi par des jambes soudainement privées de force. Assise sur le sol laqué de la pièce claire faisant office de cuisine inutile car les plats arrivaient préparés, elle renvoyait à Victor une image plus pitoyable encore.

Il allait se remettre à hurler des injonctions pour qu'elle se reprenne. Mais, la main de Jürgen se posa fermement sur son épaule pour l'en dissuader.

- Elle est malheureuse tu sais. Tout est en elle. Laisse-lui le temps.

Il parlait doucement, très près de l'oreille. Et Victor vit sa mère, telle qu'elle était vraiment. Abattue, défaite par toutes ces années vécues sans objectif, sans initiative, sans projet. Plus encore guidée par la télé, que téléguidée. Il se disait que, dans un moment moins grave, il aurait volontiers joué avec les mots, comme il avait appris à le faire avec les cours du Prof. Sa mère, comme toute la population de la grande ville, vivait « téléguidée ».

- Il y a des lingettes humides dans cette boîte. Vous pouvez vous essuyer avec ça, Annabelle. On nous les livre aussi, depuis quelques jours, avec les consignes de réduire la consommation d'eau et utiliser le moins possible les écoulements.
Elle parlait posément, comme si elle sortait d'une épreuve physique qui l'aurait épuisée.

- Ils ne viennent plus poursuivit-elle, sur le même ton monocorde. Contrat ou pas contrat, ils ne viennent plus. C'est écrit sur la télé.
Dans le même mouvement, ils se tournèrent tous les trois vers l'écran mural de télévision. En surimpression, quelques messages défilaient, au bas d'images qui n'avaient rien à voir. Toutes les informations étaient diffusées de cette façon. Arriva, enfin, le fameux message : « Le service d'assainissement n'étant momentanément plus en mesure d'assurer l'écoulement des eaux usées et autres défécations, inutile de solliciter son intervention. En attendant la remise en marche des systèmes d'évacuation, utiliser les poches fournies dans les livraisons bihebdomadaires. Glisser les poches usagées dans la trappe des immondices ».

- On nous fait boire de l'eau pourrie, déféquer dans des petits sacs. Et on accepte tout. Humiliée. Je me sens humiliée.
Victor vint s'asseoir près d'elle et la consola, maladroitement entre ses bras trop courts pour l'enlacer complètement.

- Nous allons dormir ici cette nuit, et demain, tu viendras avec nous, lui promit-il.

- Et ton père ? Lâcha-t-elle doucement.

Elle s'était relevée et, sans un mot supplémentaire, se dirigea vers sa chambre. Ses pieds glissant sur le sol à chacun de ses pas. La chambre de Victor était assez grande pour trois. Il était arrivé que, dans l'obscurité, sa présence ne les gêne pas. Mais cette nuit-là, une lumière pâle tombant des fenêtres sans volets, elle était incomplète. D'ailleurs, Annabelle et Jürgen n'avaient plus assez de sérénité en eux et ils ne firent pas l'amour. Même bouleversé par les scènes qu'il venait de vivre, le couple s'endormit très vite, vaincu par la fatigue de la longue marche de la journée, les deux corps instinctivement imbriqués. Avec l'éclairage par fibres optiques qui sortait des entrailles des rues dès que le jour faiblissait, l'obscurité ne se faisait jamais totale dans la ville. Le noir complet de la nuit, Victor ne l'avait découvert que le soir de sa première rencontre avec Jürgen, autour d'une bouche d'égout, cinq ans plus tôt.

Dans la semi-pénombre baignant sa chambre, il distinguait très nettement les corps endormis de ses deux amis. Il les trouvait beaux et les contempla un long moment. Celui de Jürgen, long et fin, dégageait une impression de puissance, avec à des muscles bien dessinés sous la peau fine et blanche. Sur celui d'Annabelle, les dégradés brun foncé accentuaient des rondeurs régulières. Elle aussi était fine. Lorsqu'ils étaient éveillés, c'est lui qui donnait l'impression de la protéger. Là, lové contre ce corps noir de femme, Jürgen semblait apaisé, sous la protection d'Annabelle.

Victor pensait à sa mère, à ses parents. De ce couple, jamais il n'avait perçu l'impression d'un amour comparable, à la fois simple et beau. Dans ce monde téléguidé, la spontanéité n'existait plus, même pas celle des sentiments. À ce moment-là, il aurait bien aimé rejoindre sa mère, la consoler, lui offrir simplement sa présence. Il lui semblait qu'elle ne l'aurait pas compris. Qu'elle n'aurait pas su comment le recevoir. Alors il resta là et finit par s'endormir.

Chapitre 18

Tôt le matin, leur sommeil fut interrompu par une discussion animée, de l'autre côté de la porte. Victor ne reconnaissait pas la résonance si particulière du son de la télévision. Il s'agissait d'une présence, et même de plusieurs présences. Des voix d'hommes qui s'interpellaient. Ils étaient au moins trois. Les deux garçons s'interrogeaient du regard, se posant la même question. La police avait-elle décelé leur présence ? Si c'était le cas, seule la mère de Victor avait pu les trahir. À moins qu'ils aient été suivis depuis le début. Les minutes passaient et personne n'investissait leur chambre. Annabelle avait eu le temps de glisser une robe sans forme sur son joli corps. Elle ne voulait pas éveiller les soupçons en s'habillant aussi librement que dans la cité fermée. La porte ne s'ouvrait toujours pas et les voix ne s'interpellaient plus que par intermittence. Machinalement, Jürgen avait jeté un regard par la fenêtre. Trop haut et pas la moindre prise : il n'était pas question de s'échapper par là.

- Si c'était la police du RÉSIDU, on le saurait déjà. Ces gars-là n'auraient pas attendu la permission pour entrer dans cette pièce.

Victor réfléchissait à voix haute. Ses deux amis approuvaient ses conclusions.

- Ils ont l'air de faire quelque chose. Un travail qui ne leur plaît pas, poursuivit Annabelle sur le même ton.

- Tu as raison. Ne bougez pas ! Je vais voir. Après tout, je suis chez moi ici. Je ne vais quand même pas me cacher, dit Victor, riant un peu pour dominer son appréhension.

Sa main avait déjà caressé la fermeture digitale de la porte. Elle coulissait. Dans la pièce principale qui s'ouvrait devant lui, au sol recouvert par l'épais tapis en fausse laine, il ne vit personne. Saisi par une odeur de latrines plus forte encore que celle de la veille, il dût prendre sur lui pour avancer vers l'espace cuisine et sanitaire. C'est de là que lui parvenaient distinctement les bruits de personnes qui s'activaient, mais ne parlaient plus. La porte était fermée. Il allait l'ouvrir quand il remarqua la présence de sa mère, penchée à la fenêtre. Sa forte poitrine posée sur le rebord, elle inspirait puis expulsait des bouffées d'air qu'elle voulait, visiblement, les plus volumineuses possible. Il se pencha à ses côtés et de la même façon, inspira profondément. L'espèce de nausée qui ne le quittait plus s'atténua progressivement. Tout en bas, sur le trottoir, il remarqua un homme qui gesticulait et hurlait. On aurait dit qu'il lançait des insultes à la façade de l'immeuble.

- On fait tous pareil. On se penche pour vomir par la fenêtre quand la nausée est trop forte. Les passants prennent tout ça sur la tête et ils râlent. C'est l'enfer !

En bas, l'homme avait repris son chemin, se retournant régulièrement pour brandir un poing rageur à l'adresse des fenêtres les plus hautes. En même temps, il prenait garde aux endroits où il posait les pieds, sur la surface maculée du trottoir.

- Qui est là ? Demanda Victor.

- Des types réquisitionnés par la MA. Ils viennent vider les cuvettes et la tuyauterie. J'avais oublié de vous dire ça hier soir. La MA avait annoncé leur passage pour ce matin par un message sur la télé. Ils vont essayer de faire tout l'immeuble. Mais ils disent qu'ils sont en retard. Qu'ils ont un boulot monstre.

- Mais la MA, c'est quoi ?

- La Mondiale d'Assainissement. La société qui s'occupe de l'assainissement, partout dans le monde. Nous, on ne lui paie jamais rien directement. C'est le gouvernement de l'URISDÉ qui s'en charge. Alors on ne sait pas vraiment d'où elle est.

Ils étaient toujours penchés à la fenêtre et n'avaient pas remarqué Annabelle et Jürgen plantés derrière eux. Le tapis avait absorbé le bruit de leurs pas.

Profitant d'une pause dans leur conversation, Anna enroula un bras autour du cou de la femme et lui posa un baiser sur la joue.

- Vous allez bien madame ? On voulait vous dire merci pour votre accueil, et moi je voulais m'excuser pour avoir vomi dans votre cuisine, hier soir.

La femme s'était redressée. Quand Victor s'était penché près d'elle à la fenêtre, il lui avait trouvé le teint livide. Et soudain, le rose gagnait son visage. Jamais personne ne lui avait témoigné une telle tendresse. Elle en était toute bouleversée. Elle aurait bien rendu ce geste mais ne savait comment s'y prendre. Maladroitement, elle se contenta d'effleurer du revers de la main le visage de cette étrange fille, si délicate.

- Ah, vous deux, vous n'êtes vraiment pas comme tout le monde. Mais vous devez avoir faim maintenant. Retournez dans la chambre de Victor, c'est là que ça sent le moins. J'apporte quelques bricoles.

Elle revint un peu plus tard, les bras chargés de boîtes de lait et de biscuits énergétiques, et une nouvelle fois l'estomac au bord des lèvres. Jürgen lui proposa une petite pastille verte.

- Qu'est-ce que c'est ?

- Un bonbon mentholé, excellent contre la nausée.

- Mais d'où sortez-vous ces reliques s'étonna-t-elle ?

- Ça, pour l'instant, c'est notre secret. Mais on t'expliquera maman. J'ai un tas de choses à te raconter. Quand je suis parti d'ici, je me suis perdu et j'ai été accueilli par des gens formidables qui ne vivent pas comme nous.

Ils étaient assis sur le sol de la chambre, se partageant le lait et les biscuits sans saveur.

- Vous savez ce qui se passe ? Questionna Jürgen.

- Non, personne ne sait. Vous savez ici, nous avons perdu l'habitude de poser des questions comme vous le faites. Donc je n'ai pas l'habitude et il faut m'excuser. Mais je pense que vous avez raison. Il faut chercher à comprendre. Tout ça devient impossible à vivre.

La femme se tut un moment. Elle dégustait ce bonbon à la menthe qui la soulageait. Puis elle tenta de répondre à la question de Jürgen.

- Ce n'est pas nous qui avons rempli cette cuvette. Il y a quelques années, quand Victor est parti, l'eau sentait déjà mauvais. Ça s'est aggravé, et puis l'écoulement fut de plus en plus long. Un jour l'eau ne s'écoula plus du tout. Même chose pour la cuvette des toilettes. Nous avons tout vidé, suivant les consignes. C'est à partir de là qu'il a fallu utiliser les poches pour nos besoins. (Elle était un peu gênée). Vous voyez ce que je veux dire.

- Oui nous voyons très bien maman, encouragea Victor.

- Mais il y avait toujours cette odeur, insupportable. Dans l'eau, on finit par s'habituer. Mais celle qui montait des canalisations engorgées était vraiment insupportable. Et puis, depuis deux mois maintenant, c'est comme ça. Cette merde qui remonte dans les tuyaux, jusqu'à faire déborder la cuvette, le lavabo, l'évier. Alors la MA fait passer régulièrement une équipe qui pompe ce qu'elle peut. Au début, ça tenait une bonne semaine. Maintenant, deux ou trois jours plus tard, c'est revenu. Personne ne sait ce qui se passe. Mais les gars envoyés par la MA parlaient entre eux ce matin. J'ai compris qu'ils n'arrivent plus à pomper assez vite, et aussi qu'ils ne savent plus où mettre tout ça. Vraiment, là, je suis inquiète. Ça dure depuis trop longtemps. Et vous, vous savez quelque chose ? Ce n'est pas pareil chez vous ? Et d'où venez-vous d'ailleurs ?

Elle venait de poser trois questions en moins d'une minute. Un véritable exploit qu'elle estima bien mal récompensé. Jürgen lui laissait entendre qu'ils ne savaient pas grand-chose et demeurait très mystérieux sur l'endroit où ils habitaient. Il ne voulait pas ajouter à sa peur en lui parlant des fissures découvertes dans les égouts inutilisés, au-delà de la partie de ville contaminée et enfermée sous sa croûte de béton, à la limite avec la grande ville…

- Ce n'est vraiment pas comme ici lui dit simplement Victor.

Une description bien sommaire pour se faire une idée. Elle n'insista pas, mais renoua avec son attitude prudente.

- Il doit bien exister quelqu'un qui sait quelque chose. Nous devons trouver et vite. Ce qui se passe ici dépasse nos estimations les plus pessimistes. Comment faire ?
Victor n'avait jamais vu son ami Jürgen exprimer aussi nettement son inquiétude. D'habitude, il adoptait un comportement comique pour s'amuser des sujets les plus graves. Là il ne s'amusait plus. Signe que la solution qu'il semblait pouvoir apporter à chacun de ses problèmes, cette fois, lui échappait.

- Les résistants ! S'exclama Annabelle.

- Mais s'ils existent vraiment, encore faut-il les trouver et rentrer en contact avec eux.

- Regarde Jürgen reprit-elle.
En rangeant quelques affaires de toilette dans son sac, elle venait de retrouver la barrette en plastique oubliée par le faux pêcheur et qu'elle avait machinalement glissée dans une de ses poches. Elle se disait que, finalement, cet homme avait peut-être oublié l'objet volontairement.

- Je suis persuadée qu'il l'a fait exprès. Souvenez-vous, c'est en voyant les policiers qu'il a précipité son départ. Et cet objet est peut-être autre chose qu'un simple bout de plastique.
Elle montrait à ses amis le côté plat de la barrette sur lequel figurait une inscription manuscrite. Des initiales, puis une brève suite de mots et de chiffres qui, pour Annabelle, n'avaient aucun sens.

- C'est une adresse, confirma Victor, dans un quartier bâti sur les hauteurs, à deux ou trois heures d'ici.

- Il faut y aller.

Jürgen agissait en véritable chef d'expédition.

- Tu repars avec eux ? S'inquiéta la mère de Victor.

- Je ne peux plus rester tu sais. Il faudrait que je justifie mes absences à l'appreneur, que j'explique. Et je ne peux vraiment pas. Nous reviendrons peut-être dormir ici ce soir. Sinon tiens-toi prête, nous viendrons te chercher. Tu ne pourras pas rester là. Il allait lui prendre la main pour la rassurer, mais son geste inhabituel de tendresse fut stoppé net par un bruit répugnant, un gargouillement sonore venu de l'autre côté de l'appartement. Comme si un énorme animal renâclait dans la cuisine. Leur conversation avait pris un tour si animé qu'ils avaient oublié la présence des pompeurs de la MA. Le bruit cessa.

- Ils ont terminé lâcha simplement la mère de Victor.

Intrigués, ils s'avancèrent vers l'espace sanitaire. Au prix d'un effort considérable, car le magma ainsi remué, avait dégagé une odeur plus forte encore. Par la fenêtre, l'un des trois hommes maintenait, suspendue vers l'extérieur, une canalisation flexible dont le diamètre tenait entre ses deux mains serrées. Les deux autres quittaient déjà la pièce, portant un appareil qui devait être une pompe. Un instant plus tard, on les entendit dans l'appartement du dessous. Vu de dessus, on ne distinguait que leurs bras passés vers l'extérieur. En maugréant, ils avaient saisi la canalisation flexible que leur collègue, resté là, ne lâcha que lorsqu'il fut bien certain qu'elle ne pouvait plus tomber. Tout en bas, elle était reliée à une énorme cuve posée sur l'un de ces camions électriques de ville. Sortant des immeubles voisins, une dizaine de tuyaux semblables s'y connectaient de la même façon. Aux fenêtres, des gens regardaient. Presque tous tenaient un linge plaqué sur la bouche et le nez.

Anonyme dans sa combinaison et sous son masque, le dernier homme de la MA essuyait les quelques éclaboussures provoquées par la fin du pompage, lorsque l'air se mélangeait à l'épais liquide malodorant. Jürgen allait l'interpeller mais d'un geste de sa main épaisse lui enserrant le bras, la mère de Victor l'en dissuadait.

- Inutile. Ils n'ont le droit de parler à personne.

Confirmant ces propos, l'homme avait déjà quitté l'appartement sans un mot ni même un regard. En dépit de la gravité de la situation, un air satisfait venait de se poser sur le visage de Victor, rassuré par le geste de sa mère. Elle était donc encore capable de décision, de fermeté et même d'observation. Peut-être alors pourrait-elle s'intégrer, comme lui, à la communauté des SDF.

Chapitre 19

Ils avaient décidé de se rendre, sans plus attendre, à l'adresse laissée par le mime du pêcheur. En dépit de l'heure matinale, il y avait déjà beaucoup de monde dans la rue. Mais cette foule ne grouillait pas. Les gens allaient, sans destination précise. Ils déambulaient, privilégiant le milieu de la route pour éviter les trottoirs souillés et surtout les pluies toujours imprévisibles de vomissures tombant des fenêtres. La circulation en ville avait beau se limiter à quelques navettes de transports en commun et aux véhicules utilitaires, cette occupation bien involontaire des voies provoquait une indescriptible pagaille. Il ne s'agissait pas d'une manifestation. Mais ce déferlement humain, bien que silencieux et docile, lui en donnait des apparences.
À mesure qu'ils progressaient vers les quartiers bâtis sur les hauteurs, la foule se faisait moins dense autour d'eux, et le parfum de latrines s'estompait. Il leur fallut la matinée pour atteindre la rue indiquée sur la barrette en plastique. Une avenue large, propre avec des fleurs et même quelques arbustes. Parfois, entre les navettes des transports en commun, circulait une grosse voiture individuelle, aux vitres noires.

- C'est le quartier des Présidents expliqua Victor, confus d'avoir négligé ce détail lorsqu'il avait déchiffré l'adresse.

Ils auraient dû passer devant le numéro indiqué. Mais il n'existait pas. À la place, ni immeuble ni maison, mais une statue. Elle représentait un gros homme au visage carré, le bras droit tendu vers le ciel. À la lecture de la plaque figurant sur le socle, les visages d'Annabelle et Jürgen se fermèrent. Ce nom revenait trop souvent dans les récits du professeur Balthazar.

- Qui est-ce ? Questionna Victor à qui ce trouble n'avait pas échappé.

- Le responsable du malheur de nos parents, répondit simplement Jürgen.

Ils avaient marché en suivant un rythme soutenu vers une rencontre amie, et partageaient maintenant une déception à la grandeur de cet effort. Annabelle fut la première à se ressaisir.

- Ça ne peut pas être un hasard. Tomber sur la statue de cet ignoble fasciste, avec tout ce que les nôtres ont enduré à cause de lui et plus encore de sa descendance. Ça ne peut pas être un hasard.

Quand elle était en colère, elle ne prononçait plus les mots mais les sifflait entre ses dents blanches et serrées. Et Victor la trouvait encore plus belle, si bien qu'il en oubliait presque les raisons de ses colères.

Ils restèrent encore un moment à arpenter cette large avenue, dont le contraste avec le reste de la ville ne se limitait pas à la propreté. De grandes bâtisses la longeaient de chaque côté, protégées derrière de très hautes portes en métal foncé. Parfois, elles coulissaient sans un bruit, sur un sas ne laissant voir qu'une autre porte identique. Les grosses voitures aux vitres noires, silencieuses elles aussi, allaient et venaient par là. À plusieurs reprises, leur curiosité les incita à s'arrêter pour observer. Mais les caméras qui les observaient eux-mêmes, ne leur avaient pas échappé. Par crainte d'attirer l'attention, ils jouèrent la comédie du passant qui passe. Un rôle de base qui n'amusait même pas Annabelle.

Mâchant les biscuits énergétiques sans goût que la mère de Victor avait glissé dans leurs sacs, ils hésitaient, se demandant s'ils devaient repartir ou attendre. Rester ici, sous l'œil des caméras, ne leur paraissait guère prudent. Au moment de repasser une dernière fois devant la statue, Jürgen et Annabelle tournaient presque la tête, refusant de lui accorder un nouveau regard. Victor était moins sensible à la réplique de cet ancien chef de parti politique au faciès de bouledogue, parvenu en son temps à dégager pour ses enfants un boulevard jusqu'au sommet de l'État.

Derrière, assis sur le banc unique d'un parc qui semblait pourtant fermé au public, il distinguait quelqu'un. Le profil d'un homme qui tournait les pages imaginaires d'un livre invisible posé sur ses genoux. Un peu plus loin, deux policiers couraient vers lui. Le mime du lecteur se leva brusquement, referma le livre fictif qu'il glissa dans la poche d'un long manteau comme on n'en voyait plus. Au moment où les policiers arrivaient à lui, Victor reconnut son visage, le même que celui du faux pêcheur, brièvement rencontré la veille.

- Il est là, souffla-t-il à ses deux amis.

Les deux policiers frappaient à coups de matraques et à coups de pieds, ce faux lecteur qui, le plus dignement possible, faisant fi des coups dans la mesure du supportable, rebroussait chemin vers l'extérieur du petit parc. Une fois bouté sur le trottoir, moins d'une dizaine de mètres devant Victor qui ouvrait la marche, les policiers rebroussèrent chemin, d'un pas presque paisible. La scène s'était déroulée sans le moindre échange de paroles. Comme si elle avait été habituelle.

L'homme rajustait ses vêtements débraillés par cette échauffourée.

- Ils ne frappent jamais la tête. Pas de sang, pas de trace. C'est la consigne dit-il.

Après un bref silence, le temps de jauger du regard les trois jeunes gens, il se vissa sur la tête une drôle de casquette en toile épaisse.

- Suivez-moi à distance respectable. Ils n'aiment pas trop les groupes ici. Je ne vous attendais pas si tôt.

Ils le suivirent en direction des rues basses de la ville.

Chapitre 20

Ils n'avaient pas marché longtemps pour atteindre l'appartement du faux pêcheur-lecteur. La disposition était identique à celui qu'occupait la famille de Victor. Mais ici, les canalisations ne refoulaient pas.

- Alors d'où venez-vous comme ça ? Questionna l'homme. Débarrassé de sa casquette et de son manteau, il avouait un âge avancé. La pièce était embarrassée par une foule d'objets anciens. Dans un coin, ils reconnurent le vélo et le matériel de pêche dont il s'était servi la veille.
Victor indiqua l'adresse de sa mère, situant précisément la rue dans l'un des quartiers les plus bas de la grande ville. Ne sachant trop qui se cachait derrière ce drôle d'interlocuteur, ils avaient décidé de ne pas se livrer d'emblée. À cette réponse, le visage de l'homme se durcit.

- Je comprends votre prudence. Mais le temps presse maintenant et nous devons jouer franc jeu tout de suite. Ce que vous voyez là est plus que suffisant pour me faire arrêter immédiatement. Conserver tous ces objets, c'est évoquer la mémoire interdite. Pourquoi pensez-vous que je prends un tel risque en vous les montrant ?

Le regard de Jürgen passait de l'homme aux pièces de musée. Ses professeurs lui avaient appris à quel point les paroles et les actes préparés peuvent tromper et masquer des réalités bien différentes. En d'autres temps, la communauté SDF l'avait testé à ses dépens, et fait en sorte que sa descendance ne l'ignore pas.

- Si ces objets sont si compromettants, pourquoi les sortez-vous au grand jour, dans la rue, devant la police et jusqu'aux portes des résidences gouvernementales, questionna-t-il à son tour ?

- Nous n'avons décidé de faire ça que depuis quelques jours seulement. Car je vous l'ai dit, le temps presse maintenant. On s'aperçoit que les services d'ordre sont tellement occupés à d'autres tâches qu'ils se contentent de nous chasser.

- Vous dites « nous », interrogea encore Annabelle. Visiblement, leur interlocuteur attendait cette méfiance et ces questions. Il n'en prenait pas véritablement ombrage.

- Je suis à la tête d'un groupe de résistants. Mais par la force des choses, notre résistance est très passive. La répression a été si expéditive, dans les premiers temps du gouvernement de l'URISDÉ, que nous ne pouvons plus nous permettre la moindre opposition officielle. L'option de la lutte armée a été abandonnée, car toutes les filières d'approvisionnement sont verrouillées. D'ailleurs, ce serait prendre des risques énormes pour un résultat nul puisqu'il n'existe aucune information susceptible de relater ce genre d'action aux populations. Alors nous avons choisi de transmettre clandestinement la mémoire, d'attendre notre heure en laissant la situation se dégrader. Et nous pensons que cette heure est venue. Je parle au nom d'un groupe.

Chapitre 21

Jamais encore, Victor n'avait été confronté directement à la mort. Celle de son grand-père, il l'avait apprise, comme on apprend tout ici, par la télé. Celle de sa grand-mère aussi.
Il se souvient parfaitement ce jour. Il suivait distraitement une émission sur le même écran que sa mère. Celui de la cuisine. Grand-père avait rejoint, quelques semaines plus tôt, l'une des maisons de "fin de vie" où sont admis les vieillards usés ou malades. Un message personnalisé à leur intention défila sur l'écran, qui annonçait, de façon on ne plus laconique, le départ de l'aïeul vers l'au-delà. Sa mère avait pleuré sans émettre le moindre son. Son père était apparu, venant de la chambre, un masque de tristesse sur le visage. Longtemps il était resté accoudé à la table, le menton posé dans ses mains, le regard perdu quelque part, très loin, comme en lui-même. Parfois, un sourire éclairait son visage. Victor avait bien compris qu'il se remémorait les histoires racontées, jadis, par ce grand-père disparu, et que la mémoire interdite lui défendait de raconter à son tour.
Une femme entra dans la pièce, des boissons à la main, qui venaient d'être livrées. Le résistant, marqué par les précédents efforts, par son échauffourée avec les policiers, et par la

concentration nécessaire à un dialogue dont, même lui, avait perdu l'habitude, porta une de ces boissons à ses lèvres. Il regardait encore Annabelle. À la fois parce qu'elle avait été la dernière à le questionner et parce que sa liberté le fascinait. À peine eut-il aspiré un peu du liquide qu'une violente convulsion secoua son corps. Les yeux révulsés, mort avant même de toucher le sol, il brisa dans la chute la canne à pêche et une pédale de la bicyclette.

La femme lâcha les boissons dont les emballages éclatèrent sur le revêtement de l'appartement. Agenouillée, penchée sur le cadavre raidi par son ultime convulsion, elle touchait maladroitement le visage dont les yeux grands ouverts témoignaient d'une effroyable stupeur. La mâchoire inférieure s'était brisée sur l'un des innombrables objets anciens entassés dans la pièce. L'homme ne mimait plus. Il était bien mort.

- Père, père répétait-elle doucement.

Dissimulée sous des vêtements sans formes, aucun d'entre eux n'avait remarqué qu'elle put être si jeune.

- Ils l'ont tué lâcha la jeune fille en levant vers eux un regard noyé de larmes.

- Ils voulaient tous nous tuer ajouta Jürgen en regardant les boissons empoisonnées répandues sur le revêtement de sol qui, à cet endroit, devenait pâteux.

- Où est ta mère ? Questionna à son tour Annabelle.

- Je ne l'ai jamais connue. Nous vivons tous les deux ici. Père et moi.

- Filons d'ici. Ceux qui ont fait le coup savent que nous sommes là. Ils ne vont pas tarder à venir pour dresser leur constat.

Bien qu'impressionné par le spectacle de la mort qu'il voyait pour la première fois, Victor réagit le premier. C'est lui qui venait de lancer ce message de repli, à la grande surprise de Jürgen qui, saisissant la jeune fille par un bras, l'entraîna avec lui vers la sortie.

- Tu dois venir avec nous maintenant.

Elle n'exprima que quelques gestes d'une réticence muette, et quitta la pièce sans un regard pour le corps d'un père qu'elle abandonnait à tout jamais.

Ce détail ne lui ayant pas échappé, Annabelle se dit que décidément, les habitants de la grande ville avaient tout perdu de la sensibilité humaine.

La porte de l'appartement était verrouillée. Jürgen demanda à la fille de l'ouvrir, mais le lecteur digital ignora son empreinte. Le temps pressait cette fois. Jürgen saisit le corps du résistant et glissa l'intérieur de sa main sur le lecteur. La porte s'ouvrit. De la cage d'ascenseur montaient des voix. Mais l'immeuble, déjà vétuste, était encore équipé d'un escalier. Les quatre jeunes gens s'y engouffrèrent. Par chance, personne n'était monté par-là, à leur rencontre. Une fois dans la rue, il ne leur fallut qu'un instant pour se fondre dans la foule silencieuse et qui déambulait sans but particulier. Constituée d'habitants de la ville basse, montés jusqu'ici dans l'unique but de respirer un air moins nauséabond. Sans même se concerter, ils prirent la direction de l'appartement où, de bon matin, ils avaient laissé la mère de Victor. Le garçon était inquiet pour elle. Ses amis aussi.

Ils retrouvèrent la femme, plongée dans un désarroi encore plus profond que la veille, mais à la fois animée par une énergie de révolte tout à fait nouvelle chez elle.

- Ton père ne reviendra plus, dit-elle à son fils. Comme si, désormais, il était acquis que Victor soit définitivement intégré au monde des adultes.

Elle expliqua comment elle avait eu, au cours de la matinée, le message sur la télé. Un message inhabituellement accompagné de quelques précisions et recommandations.

En composant « BALT » sur le clavier de la télécommande, qui signifie « boîte aux lettres télévisuelle », elle fit défiler à nouveau le message. Il indiquait que le père, affecté à des travaux de désinfection, avait été victime d'une épidémie contagieuse et foudroyante. Que, par conséquent, il serait impossible de voir le corps, immédiatement incinéré.

Sur la télévision défilaient également des conseils d'hygiène et une liste de symptômes qu'il convenait de signaler immédiatement en cas d'observation, sur soi-même ou sur son entourage.

Jürgen établit un diagnostic catégorique. Dans le cadre de l'enseignement dispensé clandestinement aux enfants de la cité fermée, il avait suivi un cycle de médecine.

- Ce sont tous les symptômes d'une maladie endémique, éradiquée sur terre depuis plus d'un demi-siècle. Elle n'avait guère de chance de réapparaître, sauf, peut-être, dans des régions non développées, quasiment insalubres. À la rigueur chez quelques communautés de SDF, entassées dans d'anciens villages sans conforts. Et voilà, c'est dans la grande ville, la plus moderne, qu'elle revient. C'est incroyable.

- On souffre beaucoup ? Questionna la mère de Victor.
Jürgen redoutait qu'une réponse détaillée n'alimenta plus encore le chagrin contenu par sa toute nouvelle détermination.

- La mort peut être très rapide, dit-il simplement.

Ils restèrent silencieux un long moment, comme pour respecter la mémoire de cet homme que trois d'entre eux, pourtant, n'avaient pas connu. Victor aurait bien aimé exprimer le sentiment diffus qu'il ressentait à cet instant. Mais il ne trouvait pas les mots. Une forte frustration dominait son chagrin. Son père était mort et cela l'attristait bien moins, pourtant, que la certitude de n'avoir pratiquement rien partagé avec lui. Il réalisait, soudain, à quel point la « mémoire interdire » gâchait toute relation, même filiale. À l'égard de cet homme si proche de lui, il aurait voulu éprouver plus d'admiration que de compassion.

Sa détermination se renforçait encore. Il fallait que tout cela cesse. Il fallait agir. Grâce à ses nouveaux amis de la cité fermée, il sentait le moment propice, alors même que la grande ville et, très certainement, toutes les grandes villes du monde, approchaient du chaos, d'un cataclysme sanitaire dont elles s'étaient crues préservées.

- Profitons de la nuit pour passer vers la cité, dit-il. Maman, tu viens avec nous.

- Toi aussi tu viens avec nous, ajouta Annabelle en s'adressant à la jeune fille, la fille du résistant.

- Mais, je ne peux pas. De quoi parlez-vous ? C'est quoi cette cité ?

Elle bafouillait ses réticences en même temps que ses questions.

- Tu n'as pas à discuter. Tu viens !

Annabelle parlait avec une sévérité que Victor ne lui connaissait pas.

- Ne la laissez pas filer, dit-elle aux deux garçons.

Puis elle passa dans la pièce voisine, un bras autour des épaules de la mère de Victor. Elle voulait l'aider à rassembler quelques affaires.

Moins d'une heure plus tard, la porte de l'appartement se refermait définitivement derrière eux. Dans le couloir, était assis un groupe d'enfants qui ne supportaient plus l'épouvantable odeur de leurs logements. Ils ne jouaient même pas. Leurs regards vides en disaient long sur l'incohérence de leurs vies qui commençaient, dans cet univers dont ils ne maîtrisaient rien.

Victor aurait bien aimé leur tendre la main, les emmener eux aussi. Mais il n'était pas encore temps et, d'ailleurs, la solution ne résidait pas dans une fuite collective. Il reviendrait. Il les sauverait. En lui-même, il s'en faisait la promesse.

Chapitre 22

Le jour faiblissait à peine quand ils passèrent le long de la rivière tarie, là où moins de deux jours plus tôt, ils avaient rencontré le malheureux résistant.

- Savais-tu qu'il arrivait à ton père de mimer une partie de pêche à la ligne ici ? Questionna soudain Annabelle en prenant la jeune fille par le bras.

Jusque-là, personne n'avait prononcé la moindre parole. Ils avaient marché, silencieux, au milieu d'une foule toujours plus dense, constituée d'individus à la démarche lente et sans direction précise, ne semblant partager qu'une tenace nausée collective.

- Je l'ignorais. D'ailleurs quelle idée ? Répondit la fille en lorgnant, écœurée elle aussi, le lit de l'ancien cours d'eau, plus tout à fait à sec.

Il n'y coulait toujours pas d'eau. Mais une masse visqueuse en tapissait le fond, à ses endroits les plus creux.

Quand la nuit fut totale, ils se dirigèrent d'un pas résolu vers l'extérieur de la grande ville, plongé dans une obscurité totale. Jürgen redoutait qu'une partie de ces gens perdus, ait l'idée de leur emboîter le pas vers une zone pourtant interdite. À la faveur de la pénombre, ils s'éclipseraient plus facilement.

- Tu lui donnes la main et ne la lâches sous aucun prétexte avait commandé Anna.

Victor devinait, entre ses doigts fermement repliés, la moiteur de cette main dans la sienne.

- J'imagine que tu n'es pas tranquille dit-il doucement à la jeune fille.

Juste plus grand qu'elle, il pouvait sans peine lui parler doucement à l'oreille. Pour la rassurer, il avait pris l'initiative du dialogue. Comme pour tout habitant de la grande ville, l'exercice ne semblait guère familier pour elle. Il fallut un certain temps à Victor pour apprendre qu'elle s'appelait Suzie. Qu'elle avait 18 ans et n'avait jamais connu sa mère. À mesure que Victor lui racontait son histoire, sa découverte de la cité fermée, l'esprit collectif qui prédominait pour toute décision, il la sentait qui se décontractait, jusqu'à montrer son intérêt par quelques questions et des regards de plus en plus approbateurs.

Le petit groupe marchait désormais au milieu des énormes cubes de béton recouvrant les anciens immeubles désertés. La nuit, à la faible lueur d'une lune très voilée ce soir-là, leurs masses paraissaient gigantesques. Les bruits de leurs démarches fatiguées résonnaient et amplifiaient sur les parois. Jürgen aurait préféré marcher toute la nuit mais, pour limiter le risque de se faire repérer, proposa une pause. Annabelle sur l'épaule de Jürgen, la mère de Victor sur celle d'Annabelle, Victor sur celle de sa mère et Suzie sur celle de Victor ; ils ne tardèrent pas à s'endormir.

Chapitre 23

Depuis sa plus tendre enfance, Victor avait pris l'habitude prolonger la phase du réveil durant laquelle le rêve n'est plus tout à fait inconscient. Ces demi-sommeils étaient, pour lui, comme des voyages. Là, il se voyait, heureux, courant et sautant d'un sommet à l'autre des cubes de béton, entouré des cris de joie et de bonheur d'Annabelle et Suzie, qui bondissaient avec lui.

Suzie ! Il réalisa soudain l'absence du poids de sa tête sur son épaule. Ouvrant brusquement les yeux, il dissipait les images de son rêve. Mais les éclats de voix persistaient. Ils n'étaient pas joyeux.

D'un bond, Victor se précipita dans la direction d'où venaient les cris des deux filles. La lueur diffusée par la lune était suffisante pour qu'il distingua bientôt le corps allongé de Suzie. Assise sur elle, Anna lui plaquait les épaules au sol, en pesant de ses genoux. Sous son menton, elle pointait aussi la lame d'un couteau à cran d'arrêt.

Jürgen arriva à son tour, puis la mère de Victor. Personne n'osait plus parler, comme si la parole émanait des mains et des mimiques de Suzie qui, visiblement, faisait signe à chacun de se taire, comme si le groupe fut épié par quelque oreille indiscrète.

Annabelle ne lâchait, cependant, ni sa prise ni sa menace. Suzie fixait avec insistance la poche dans laquelle Victor avait glissé son appreneur.

Victor crut comprendre qu'elle voulait s'en servir et le plaça à portée de sa main droite, à peine libre de l'emprise d'Annabelle. L'appareil était muni d'un minuscule clavier et tout le reste de la carte pouvait se transformer en un écran sur lequel les doigts de la jeune fille firent défiler d'étranges confidences.

- Je vous aime tous les quatre comme je n'ai jamais aimé qui que ce soit car j'ai très vite compris, et encore plus depuis que Victor m'a tout expliqué, que vous êtes bons et différents.

Rien que cet aveu n'était pas banal pour une fille ayant grandi dans un monde ou l'expression des sentiments avait quasiment disparu.

- Mais je constitue un grand danger pour vous. C'est pour cela que je dois m'enfuir.

L'écran n'offrait qu'une capacité limitée à trois ou quatre mots à la fois, et Jürgen l'incitait à continuer, au fil des phrases qui se formaient.

- J'ai en moi, greffé, un appareil capable de me localiser partout et de transmettre les conversations qui m'entourent.

Jürgen avait empoigné son vêtement et l'interrogeait du regard.

- Non. Pas sur moi, en moi ! Écrivit-elle, de la terreur plein les yeux.

Elle lança un regard impatient à l'intention d'Anna qui relâcha enfin sa prise. Appuyée sur les genoux, dominant sa pudeur, Suzie retira ses vêtements, toujours dans un épais silence. Juste sous le sein droit, puis sur le ventre, deux ou trois centimètres en dessous du nombril, elle indiquait deux cicatrices à peine visibles. Les endroits où de petits émetteurs étaient implantés dans sa chair.

- Il faut me les ôter. Maintenant !

Elle avait écrit sans pratiquement quitter le regard d'Annabelle, toujours armée de sa lame effilée.

Un instant plus tard, Jürgen entraînait Suzie jusqu'au campement de fortune délaissé derrière sa fuite. Il n'avait pas encore utilisé la lampe de poche rangée au fond de son sac. Cette fois, elle allait servir.

Suzie faisait preuve d'une détermination fascinante. Résolue à se faire écorcher sans délai, elle n'avait même pas remis ses vêtements et marchait nue, précédant presque Jürgen, et serrant dans la sienne la main de Victor. Elle s'allongea sur le dos, sur l'étoffe où, à peine deux heures plus tôt, elle avait paru s'endormir, blottie sur l'épaule du garçon.

Victor discernait bien plus qu'un trouble, quasiment un tumulte dans les sentiments de cette fille. Elle avait, certes, tenté de fuir. Il comprenait maintenant le but de cette fuite : les sauver plutôt que les trahir.

Il vit le faisceau lumineux caresser la peau lisse, à l'endroit des cicatrices ; la lame glisser et libérer sur son passage d'abondants filets de sang ; deux petits cylindres d'une matière qu'il n'identifiait pas, sortir des blessures.

Suzie n'avait pas lâché sa main. Elle serrait plus ou moins fort, au gré de la torture qu'elle s'infligeait pour gagner le droit de rester avec eux. Pas un mot, pas un cri, pas même un gémissement. Il pouvait estimer à chaque pression l'intensité de la douleur.

Annabelle avait emporté une petite trousse de secours qui permit de désinfecter puis d'appliquer sur les plaies des pansements léger mais suffisants. C'est elle, de ses longs doigts noirs, qui avait manipulé la lame.

Jürgen observait les petits émetteurs, posés sur la paume de sa main. Suzie les lui reprit. Les posa sur le sol et, d'un geste de la tête, fit comprendre qu'il était préférable de repartir, toujours sans prononcer la moindre parole.

Chapitre 24

La fin de ce voyage retour avait été pénible. Suzie, en dépit d'une volonté stupéfiante, avait perdu connaissance à plusieurs reprises. Les deux garçons s'étaient relayés pour la porter. À cette occasion, Victor démontrait qu'il était bel et bien devenu un homme, mûri prématurément par les épreuves et les changements survenus dans sa vie. Il aimait bien cette fille et se sentait soulagé depuis qu'un médecin de la communauté SDF l'avait auscultée.

Suzie se remettrait vite, avait-il diagnostiqué.

Elle dormait sur la couche de Victor, d'un sommeil cependant bien agité, entrecoupé de plaintes contenues, secouées par de profonds et mystérieux cauchemars. Il serait bien resté près d'elle, mais le conseil des Sages était déjà réuni pour entendre le récit de leur expédition.

Ils se sentaient en sécurité, désormais, dans le logement du professeur Balthazar. Dans la pièce la plus vaste, les Sages s'étaient mêlés à eux, sans la moindre disposition formelle. Jürgen racontait, décrivait, répondait aux questions. Il présentait la mère de Victor et fut interrompu pour qu'elle le fasse elle-même.

- Je m'appelle Maria. Puis elle continua le récit de sa vie, confortable et dérisoire.

Victor en restait aux premiers mots. Maria. Tant sa vie d'avant avait été impersonnelle, il avait presque oublié que sa mère avait eu un prénom. Le visage épais de la femme articulait des mots. Les sages acquiesçaient sans jamais l'interrompre. Quand elle évoqua la mort de son mari, la frustration installée dans leur couple en raison des silences imposés par la « Mémoire interdite », ils étaient tous émus jusqu'aux larmes. La tête posée sur les cuisses de Jürgen, Annabelle s'était endormie. Le Prof décida qu'il était temps, pour les membres de l'expédition, de se reposer. Il fut convenu de se retrouver le soir, dans la salle la plus grande de la cité souterraine, celle qui servait le plus souvent pour les fêtes ou les spectacles, mais aussi pour les colloques et les universités. Il y aurait là tous les représentants de la communauté, intellectuels, délégués, savants, scientifiques, historiens ou artistes. Entre temps, les sages se réuniraient.

Cela laissait une dizaine d'heures à Victor qui regagna, dans le logement du Prof, la pièce qui, depuis son arrivée chez les SDF, était devenue sa chambre, son bureau, son espace. Il attendait ce moment où son corps pourrait se poser près de celui de Suzie. Dans un demi-sommeil inquiet, la fille devina sa présence et se pressa contre lui, rassurée, apaisée. Il se sentit tout simplement heureux et sombra à son tour dans un profond sommeil.

Lorsqu'ils s'éveillèrent, pratiquement en même temps, leurs corps étaient toujours pressés l'un contre l'autre. Sous la paume de sa main, Victor sentait la douceur de la peau et des formes de Suzie. Une douceur qu'il devinait faite pour lui. Sans même se parler, avec un naturel merveilleux, ils firent l'amour pour la première fois. Victor reçut de cette fille, une chaleur, une ardeur aussi, somme tout très humaines, avec un bonheur sans retenue. Ils étaient heureux.

Il n'avait pas encore repris complètement son souffle lorsque Suzie rompit le silence.

- Je ne me suis jamais sentie aussi bien, il faut que tu saches qui je suis.

- De la ville d'où nous venons tous les deux, nous ne sommes plus vraiment quelqu'un. Ici tu verras, nous redevenons de véritables humains, capables de réfléchir, d'agir et de décider.

- Justement, je ne peux pas te cacher cela. Parfois je ne me sens même pas humaine. Je ne suis pas la fille de ce résistant. Je ne suis que son clone.

- Et qu'est devenue sa véritable fille ?

- Je n'en sais rien. C'est une pratique courante dans la grande ville. Pour surveiller un individu douteux, la police spéciale de l'URISDÉ clone un de ses proches à la naissance. Nous sommes en quelque sorte dressés pour remplacer nos originaux, un jour ou l'autre.

Victor la fixait, effaré. Il avait à nouveau envie d'elle mais n'osait plus la toucher, gagné par une affreuse impression qu'elle ne fût pas tout à fait réelle. Elle devinait sa confusion et c'est elle qui posa la main sur lui, d'un geste à l'intimité sans équivoque.

- Je suis complètement normale tu sais. Je n'ai pas d'ascendance, c'est tout.

À califourchon sur lui, elle lui montra encore à quel point le clone était réussi, qu'elle était véritablement humaine, une vraie femme.

Jusqu'à l'heure du rendez-vous fixé dans la grande salle, ils alternèrent ainsi amour et sommeil, avec l'impression très nette que leur monde vacillait. Qu'ils devaient profiter de tout, tout de suite. Que demain, peut-être, il n'y aurait plus rien.

Chapitre 25

La grande salle ressemblait à un amphithéâtre romain, avec au centre une arène. Des gradins avaient été taillés dans la roche par la première génération des SDF, à partir du moment où elle avait commencé à s'organiser. Plus de mille personnes étaient assises là. La communauté avait pris l'habitude de vivre discrètement, disséminée dans des kilomètres de galeries. Jamais Victor n'avait soupçonné que les descendants des SDF puissent être aussi nombreux. Car, ceux-là n'étaient que des délégués du peuple des exclus.

Au premier rang, il reconnaissait des scientifiques, des historiens, qui avaient d'abord été des professeurs pour lui et avec lesquels il travaillait désormais, tout en poursuivant des études et des recherches. Les délégués prenaient des notes sur des blocs de papier. Au centre de l'arène, assis sur un cube de pierre, le professeur avait commencé à parler.

Il présentait les membres de l'expédition, invités à venir s'asseoir sur d'autres cubes posés près du sien. Quelques savants qui auraient à parler, à répondre aux questions, s'y installaient avec eux. La réunion dura toute la journée et une partie de la nuit suivante, entrecoupée de pauses durant lesquelles Victor et Suzie se réconfortaient, blottis l'un contre l'autre.

Des savants, dont Jürgen faisait partie, expliquaient que leurs prévisions se confirmaient.

- Le monde construit, depuis quatre générations, sur la base de grandes agglomérations, dirigé par quelques groupes d'intérêts économiques, a atteint son point de rupture, expliquait Jürgen.

Parmi l'assistance, personne ne montrait la moindre surprise. Ce qui se profilait, les SDF l'avaient présagé.

- Nous attendions ce moment comme une revanche, avait dit le professeur Balthazar. Mais une revanche sur qui aujourd'hui ? Sur cette femme ? Sur cette fille ?

Il désignait Suzie et la mère de Victor, ahuries, comme égarées. Jamais elles n'avaient vu autant de personnes en même temps, qui partageaient le même dialogue.

Annabelle avait parlé à son tour, décrit les rues grouillantes, aux trottoirs maculés de vomissures, les canalisations de la ville basse régurgitant leurs immondices, les beaux quartiers des hauteurs, encore épargnés.

Jürgen avait donné des explications, tout à la fois scientifiques, historiques et économiques.

- Au fil des années, à force de rachats d'entreprises, de rapprochements d'intérêts, chaque secteur d'activité s'est retrouvé dominé par un groupe unique, à l'échelle de la planète. C'est vrai pour l'eau comme pour le reste. Et à vouloir en faire un commerce, un produit de consommation renouvelable à l'infini, comme les autres, la ressource disparaît. Celle de l'eau atteint aujourd'hui son premier niveau d'insuffisance.

- Mais pourquoi la population des villes ne réagit-elle pas ? avait questionné quelqu'un dans la salle.

- Parce qu'elle ignore tout. Parce qu'elle attend tout. Parce qu'elle n'a plus de mémoire, donc plus de base de réflexion. Interdire la mémoire, procurer un confort suffisant, séparer les gens à l'intérieur même d'une union de pensée, sont quelques-uns des ingrédients de la plus grande trouvaille du siècle : une dictature de la pensée unique, sans violence apparente, diffusée par une télévision et une illusion de réseaux sociaux virtuels. Le système fonctionne parfaitement aujourd'hui, car il s'applique à une génération qui n'a rien connu d'autre, qui ne sait même plus ce qui nous est arrivé 50 ans plus tôt, dont on a volontairement effacé la mémoire. Nous sommes les derniers à pouvoir réactiver cette mémoire. Devons-nous le faire ? C'est cette question qui nous est posée aujourd'hui.

Le Prof s'était levé. Il avait proposé que chacun s'accorde quelques jours de réflexion et se retrouve ici la semaine suivante. Pour nourrir cette réflexion personnelle, Jürgen avait alors proposé à la mère de Victor d'expliquer ce qu'était sa vie. Elle l'avait fait, avec un naturel dont elle-même s'ignorait capable. Victor était enfin fier de sa mère et le dit à l'oreille de Suzie.

- J'ignore tout de ces sentiments, lui avait-elle répondu. Aide-moi à les ressentir !

Elle avait lâché ces derniers mots comme une supplique. Suzie ne demandait plus seulement l'aide ou la protection de Victor. Elle implorait un soutien bien plus large.

- J'ai été élevée comme une chose, or je veux être quelqu'un. Tu comprends ?

Victor comprenait.

Un peu plus tard, ils avaient demandé conseil au professeur Balthazar.

- Les gens qui vivent ici ne sont pas des clones. Pourtant Suzie, ils ont suivi un parcours affectif peut-être plus difficile encore que le vôtre. Chacun de leurs parents croyait être quelqu'un. On les a jetés comme des choses obsolètes. Il a fallu du temps pour qu'ils redeviennent quelqu'un. Pour vous ce sera plus rapide. Vous n'êtes plus entourée de choses. Il n'y a que des humains ici.

Le Prof vouvoyait toujours les nouveaux venus dont il ne sentait pas encore la totale intégration.

Chapitre 26

La nuit qui suivit fut longue et réparatrice de toutes les fatigues des jours précédents, « de toute sa vie », avait même dit Suzie. Chaque fois qu'ils s'étaient réveillés, les deux jeunes gens avaient assouvi leur appétit pour le corps de l'autre.

- Sans cet amour, je n'aurai plus eu le courage de vivre, avait confié Suzie, au petit matin.

Maintenant elle devait apprendre, comme Victor avait appris avant elle. Il était convenu qu'ils retrouvent Annabelle et Jürgen, et qu'ils effectuent une espèce de tournée dans la cité souterraine, à la rencontre de ceux qui auraient besoin de leurs témoignages. Il était convenu aussi que la mère de Victor resterait à l'infirmerie. Ébranlée par tous ces événements, anéantie par la perte de son mari, elle se sentait mal. Les médecins n'avaient d'ailleurs pas caché leur inquiétude. Ici, on ne cachait rien. C'était aussi une règle.

Victor lui avait rendu visite, quelques instants avant le rendez-vous fixé avec ses amis. Il avait trouvé sa mère prostrée.

- Tant d'indifférences. Nous avons été capables de tant d'indifférences, avait-elle répété à son fils.

Un peu plus tard, elle allait s'enfermer dans un mutisme complet. Ni son fils ni même Annabelle ne parviendraient à l'en extirper. Pour elle, le choc émotionnel était trop violent.

Tout au long de la journée, les quatre jeunes gens avaient visité la cité souterraine. Suzie, d'abord suspecte, avait été observée. Elle avait vite levé les doutes, chacun louant son courage pour l'extraction des minuscules balises implantée dans sa chair, et la sincérité qui l'animait depuis. Elle avait ainsi découvert les laboratoires, les ateliers d'expérimentation, les bibliothèques. Chaque fois, ils avaient raconté ce qu'ils avaient vu dans la grande ville. Leurs interlocuteurs avaient pris des notes.

- Ce repas est une merveille.

Suzie passait doucement la langue autour de la bouche qu'elle avait bien charnue. Et Victor la trouvait encore plus désirable. Elle avait été très impressionnée par les cultures et les élevages souterrains, inventés et exploités par les SDF. Jamais de sa vie elle n'avait mangé de produits aussi frais, aussi naturels, contenant autant d'arômes.

- Cette cité est vraiment la cité des merveilles, répétait-elle, les yeux brillants et la parole quelque peu déliée par les effets du vin. Une boisson, elle aussi « merveilleuse », dont elle n'avait, jusque-là, qu'une connaissance très approximative.

- Les gens d'ici ont beaucoup souffert, beaucoup travaillé aussi pour en arriver là, rectifiait Annabelle avec une certaine insistance.

L'émerveillement de Suzie agaçait parfois la petite-fille du Prof qui savait tout du prix payé par les SDF pour en arriver là, surtout au cours des premières années de leur déportation ici. En même temps, après leur cauchemardesque séjour dans la grande ville, elle comprenait que cette fille puisse se sentir descendue au paradis sous terre.

Annabelle passa dans la pièce voisine et reparut un instant plus tard, transformée en sauvageonne.

- Tu vois, rien n'est acquis dans ce bonheur. Nous devons chaque soir donner une image de sauvages à ceux qui nous surveillent. Car nous sommes des exclus, dans une sorte de grande prison, ne l'oublions pas.

- Notre meilleure protection consiste à renvoyer cette image négligeable de sauvagerie et de violence, qui en même temps les dissuade de venir vérifier sur place la logique d'autodestruction promise aux SDF, ou descendants de SDF, déportés ici, précisa Jürgen.

- Il est impératif qu'ils continuent à ignorer comment nous vivons, comment nous sommes organisés. Car aujourd'hui, notre savoir, nos technologies, ont dépassé les leurs. Nous sommes capables d'intervenir pratiquement sur tout, même sur les programmes de leur télé. Même si nous n'en avons pas ici, par choix, sauf bien sûr dans nos laboratoires. Nous sommes devenus plus forts, rien que par une culture de l'intelligence, du potentiel intellectuel humain. Dans les faits, ils sont encore plus forts, mais seulement grâce à leurs polices, à leurs armées. Mais que vaudront-elles dans quelques jours, s'ils ne parviennent pas à régler leur problème d'assainissement défaillant ?

Cette question posée, Annabelle se mit un peu de crasse sur le visage, sur ses bras et ses cuisses fuselées. Elle embrassa goulûment Jürgen avant de disparaître dans un éclat de rire, joyeuse d'avoir noirci les pourtours de la bouche de son amant avec le maquillage qui la transformait en crasseuse authentique.

- Mais où sont vos parents ? Demanda Suzie à Jürgen qui, en s'essuyant du revers de la main, ne réussissait qu'à étaler un peu plus les traces sombres laissées par le maquillage d'Annabelle. La généalogie, elle qui en serait à jamais privée, obsédait Suzie. Jürgen préféra une réponse impersonnelle, comme pour associer Suzie à une sorte de filiation collective.

- Tu en as vu beaucoup ici, occupés aux travaux de recherches ou de fonctionnement de la cité. Certains autres, comme ceux d'Annabelle, sont partis à la rencontre d'autres communautés SDF dans le monde, pour partager et échanger nos savoir, enrichir les expériences. Quant à ceux de la génération précédente, celle de nos grands-parents, ils ont été nombreux à sacrifier leur vie au contact des déchets stockés au fond de ces galeries, qu'il a fallu traiter grâce au procédé du professeur Balthazar.

- Vous n'imaginez pas votre chance d'avoir eu des parents, même si pauvres, mais si courageux, s'extasiait presque Suzie. Pour Jürgen, dans sa vaine quête de filiation, elle idéalisait ses propos.

- Mais ils ne sont pas tous morts à la tâche, tu sais. Au cours des premières années, le plan mis en place par le RÉSIDU avait parfaitement fonctionné. Des bandes rivales s'étaient formées. On s'entretuait. Ce n'est qu'après, quand les contaminations en tous genres ont commencé à décimer la population déportée ici, que le savoir du Prof s'imposa comme le seul recours possible. Dans cette période initiale de sauvagerie, il avait lui-même perdu sa compagne. Ne l'oublions pas.
Un silence suivit ces quelques précisions apportées par Jürgen, toujours très ému lorsqu'il évoquait la mémoire de la grand-

mère d'Annabelle, disparue nul ne sait comment. Suzie attendait, comme si une suite s'imposait. C'est Victor qui la donna.

- La grande réussite du Professeur Balthazar aura été d'édicter puis de faire partager, des règles de vie basées sur la connaissance et la perpétuelle recherche intellectuelle. Dans la société d'où nous venons, toi et moi, ces gens avaient été les victimes d'un tel mépris qu'ils retrouvèrent dans cette voie toute la dignité dont l'URISDÉ les avait privés. Et même bien plus que cela aujourd'hui. Car tu vois Suzie, dans la grande ville, nous sommes tous devenus des passifs, des attentistes. Alors qu'ici…

Chapitre 27

Jürgen aussi était bien occupé. Pour lui et quelques spécialistes de l'eau et de ses ressources, la nuit s'annonçait longue et blanche. Ils voulaient simuler, une nouvelle fois, quelques procédés mis en place pour venir au secours de la grande ville, si toutefois l'occasion leur en était offerte.

Victor aurait bien été incapable d'expliquer pourquoi, mais il se sentait mal. La disparition de son père, l'état de prostration dans lequel venait de sombrer sa mère n'y étaient pas étrangers, mais il sentait confusément d'autres causes difficiles à discerner vraiment. Il était inquiet.

Suzie avait insisté pour qu'ils aillent à la surface et observent les mises en scènes d'Annabelle et son équipe. Assis par terre, adossés à la porte du bâtiment des sanitaires, ils se tenaient l'un contre l'autre. La présence de ce corps contre le sien dissipait quelque peu son mal être. À bonne distance, des ombres progressaient vers eux. Ils distinguèrent bientôt la fine silhouette d'Annabelle, poursuivie par deux garçons que Victor connaissait bien. Des comédiens, partenaires d'Anna.

- Ils sont parfaits. Ils ont l'air tellement vrais, s'extasiait Suzie.

Soudain, ils virent Annabelle qui perdait l'équilibre. Elle trébuchait à chacun de ses pas, puis, à genoux, tentait d'avancer encore. Quelques secondes plus tard, effondrée sur le sol, elle ne bougeait plus. Derrière, les deux garçons couraient toujours. Arrivés à sa hauteur, ils marquèrent un bref arrêt puis reprirent leur course, laissant Annabelle étendue.

Victor comprit qu'Anna ne jouait plus la comédie quand il distingua, dans l'obscurité, des hommes aux uniformes qu'il n'avait jamais vus dans la gamme des costumes portés par les comédiens de la cité fermée. Il ne lui fallut que quelques enjambées pour atteindre le corps inerte d'Anna. Il se penchait sur elle quand il fut abasourdi par une violente douleur derrière la tête.

Chapitre 28

Il reprit connaissance, adossé au mur d'un bloc sanitaire. Quelqu'un l'avait déposé là. À demi-conscient, dans le vide d'une nuit sans odeur, il vit ces hommes qui transportaient le corps d'Annabelle. Était-elle morte ? Lui était vivant. Mais, Jürgen avait disparu. Dans cette situation angoissante, il sentit la présence de Suzie blottie contre lui, sa chaleur, imaginant l'angoisse qui devait l'habiter elle aussi. Tout cela décuplait en lui une folle détermination à lutter pour des conditions de vie à l'opposé total de celle qu'on leur imposait, dans des circonstances qui semblaient, pourtant, désespérées.

Il avait, au moins, une bonne raison d'espérer. Avant qu'elle disparaisse, toujours portée par ces hommes inconnus et vêtus de combinaisons noires identiques, il avait vu le visage d'Anna se tourner vers lui, lui envoyer un sourire. Certes un sourire contrit ; un sourire quand même !

Dans son brouillard, Victor restait là, sous la surveillance d'autres combinaisons noires. Machinalement, pour se rassurer aussi, il passait les doigts sur la peau de Suzie. Il luttait contre la menace d'un nouvel évanouissement en palpant cette douceur depuis un moment déjà, lorsque, en glissant vers sa poitrine, sa main s'arrêta, net. Elle n'avait pas la moindre cicatrice. Cette fille avait l'apparence de Suzie. Elle n'était pas Suzie. Un sosie ? Plus probablement un clone ! Un autre…

Il ne dit rien et poursuivit ses caresses, tentant de rester sur ses gardes, et éveillé. Mais, il avait subi un choc trop violent, et s'évanouit à nouveau…

Chapitre 29

Combien de temps plus tard, il ne pouvait le dire, secoué, ballotté, Victor sortit doucement de cette désagréable inconscience. La douleur ne lâchait pas son crâne. Comme ancrée, elle chevillait son corps tout entier. Dans ce mal être généralisé, il percevait pourtant comme un réconfort. Une main glissait sur son front, sur ses paupières, sur ses joues. Lorsqu'un œil, enfin, lui obéit en s'ouvrant doucement, il vit le noir sur la partie supérieure de cette main qui le soulageait. Annabelle ; elle était vivante.

Elle chantonnait, le regard perdu loin de là, le caressant toujours, comme elle l'aurait fait pour un enfant qui s'endort. Elle avait, sur le visage, une expression de sérénité et, même, aux coins des lèvres, comme un sourire.

- Tu n'as rien ? Questionna Victor.

- Non, j'ai été incommodée par un gaz anesthésiant. Maintenant, ça va. Mais, toi, ils t'ont frappé. Tu n'as pas trop mal ?

Il avait mal et ne répondit rien. Il l'observait, incrédule, devant tant de sérénité, alors que, visiblement, la situation n'était guère encourageante. Ils étaient découverts, tels qu'ils étaient, par les services de sécurité de l'URISDÉ, et partaient dans des camions. Vers quoi ?

- Tu n'as pas peur ? S'inquiéta, encore, Victor.

- Non, ils n'ont tué personne. Ils nous emmènent car ils ont besoin de nous. Nous engageons un combat, mais il n'y aura pas de massacre. Dans le cas contraire, ça serait déjà fait et nous ne serions plus là pour en parler.

- Tu sais où ils nous emmènent ?

- Je crois que nous devons rencontrer les dirigeants du Résidu. Grand-père est venu à la rencontre des soldats qui nous avaient capturés. Il a discuté avec leur chef. Une partie des soldats est restée à surveiller les entrées de la cité, bien gardée désormais. Une autre escorte la délégation formée par grand-père, et qui va à la rencontre du gouvernement installé dans la grande ville. C'est étrange. Nous sommes leurs prisonniers et, pourtant, eux, ils ont peur.

- Jürgen est avec nous ?

- Oui, il est dans un autre véhicule, avec Le Prof et d'autres membres du conseil des sages. Ils devaient se parler avant de rencontrer le gouvernement.

- Et Suzie, tu l'as vue ?

Les yeux d'Annabelle renvoyaient une compassion qui la dispensait de tout commentaire. Victor avait attendu pour lui poser cette question. Pourtant, c'est la première à laquelle il avait pensé, dès son complet réveil.

- Je ne l'ai pas vue, répondit Anna, après quelques instants de silence.

- Je ne sais plus qui elle est vraiment, lui avoua Victor. Tout à l'heure, entre deux évanouissements, elle était avec moi. J'en suis sûr, cette Suzie-là n'avait aucune cicatrice sous la poitrine.

- Ils nous espionnent donc toujours, déduit Annabelle.

- Je ne lui ai pas montré que j'avais remarqué ce détail. On verra bien si elle revient. Mais qu'ont-ils fait de notre Suzie. Celle qui avait fait preuve de tant de courage en choisissant notre côté ?

- Gardons-nous bien de leur demander, pour l'instant…

Chapitre 30

La colonne des véhicules qui les transportaient arrivait déjà aux abords de la grande ville. Entre deux des immeubles recouverts de béton, les derniers avant de retrouver ce monde aseptisé des vivants, des abris en toile de plastique, une demi-douzaine, avaient été plantés. Les prisonniers furent invités à descendre et, sans quasiment leur parler, dans une étrange ambiance où les gardiens semblaient bien moins à l'aise que ceux qu'ils étaient censés garder, ils furent dirigés vers l'intérieur du plus vaste de ces abris.

Tout ce que la communauté des SDF comptait comme sommités, était là. Les plus sages du conseil des sages, les scientifiques les plus avertis, les chercheurs, notamment celles et ceux qui, avec Jürgen, étudiaient les ressources en eau. Une bonne centaine de personnes en tout, hommes, femmes, d'origines raciales multiples, jeunes et moins jeunes, vieux ou très vieux, qui se réunirent presque naturellement autour du plus vieux d'entre eux, le professeur Balthazar.

Il arborait un sourire radieux qui le rajeunissait. Son visage retrouvait même quelques traits du jeune homme de la photo. Celui qui, trois quarts de siècle plus tôt, recevait des mains des plus grands chefs d'États réunis, le prix de la science pour la découverte du système de décontamination nucléaire. Ce jeune homme était parti avec son secret. Personne, depuis, n'avait été capable de mener, et surtout conclure, de tels travaux.

- Mes amis, nous touchons au but, dit-il à ceux qui, désormais, attendaient ses explications.

Il les fit patienter encore un instant, savourant son plaisir, puis reprit.

- Chacun d'entre vous est ici, à ma demande. Chacun qui, à sa manière, a joué un rôle essentiel dans ce qui arrive aujourd'hui. Il ne s'agit pas d'un hasard. Hier, nous avons déclenché la plus grande manifestation pacifique que le monde ait jamais connu. Sur tous les écrans des télévisions et réseaux sociaux des grandes villes, nos pirates de l'audiovisuel ont fait défiler ce message : *"Rendez-vous immédiatement devant le palais du gouvernement, une eau pure y sera distribuée"*. Les populations, déprimées par leur vie passive et les nouvelles conditions d'hygiène insupportables, ont toutes convergé en même temps vers les centres des villes et leurs quartiers résidentiels. La confusion est totale. Les gouvernants sont pris de panique. Comme ils n'ont que très peu d'eau à distribuer, la colère enfle. Enfin !

Je laisse à Jürgen, qui a conduit le programme d'observation de l'assainissement et d'approvisionnement en eau de la plus grande des capitales dont nous sommes les plus proches exclus, le soin d'expliquer ce qui va arriver ici.

Jürgen avait retrouvé Annabelle qui lui avait passé une main sous son bras. Il se détacha d'elle et se planta devant le groupe, à côté du Prof, arborant le même sourire que lui.

- Bien entendu, nous savions, certains d'entre vous mieux que personne puisque vous avez monté cette opération, que les services du Résidu arriveraient tôt ou tard jusqu'à nous. Qu'ils ne seraient pas longs à trouver l'origine du message pirate qui, en défilant sur les écrans, provoque la plus grande panique, le plus grand mouvement de foule pacifique jamais connu. Pour de l'eau…
Nous n'avions pas prévu qu'ils viendraient aussi vite, et surtout pas de façon aussi brutale au début. Désolé pour vous deux, Anna et Victor…
- On s'expliquera en tête à tête, plaisanta Annabelle.
Les gardiens en combinaisons noires s'étaient rapprochés. Ils ne pointaient plus leurs armes sur le groupe mais l'entouraient, déconcertés par ce qu'ils entendaient. Jürgen, retrouvant son sérieux, reprit le fil de ses explications.
- Actuellement, comme des troupeaux à la recherche de leur eau, les populations des plus grandes villes ont envahi, ou cernent, les quartiers résidentiels occupés par les dirigeants. Les habitants des quartiers populaires, comme ils le font depuis deux ou trois générations déjà, obéissent au message que nous avons passé sur les écrans des télévisions. Rien ne peut plus les inciter à rentrer chez eux. En trouvant l'émetteur de ce message, donc nous, l'URISDÉ trouvait aussi les seules personnes au monde susceptibles d'apporter une solution à leur problème. Et nous leur avons fait savoir. Car, ils ont réussi, chose inimaginable il y a moins d'un siècle, à gâcher toute l'eau de la planète. Plutôt que d'assainir, ils ont exploité d'autres ressources puis d'autres encore, jusqu'à épuisement.

Il y avait quelques femmes parmi les gardiens. L'une d'entre elles vint s'interposer entre Jürgen et ceux qui l'écoutaient.

- Ce que tu dis est impossible. L'eau est inépuisable, lança-t-elle avec véhémence.

- On vous laisse croire cela. Mais, à force de forages de plus en plus profonds, de pesticides et d'engrais de plus en plus puissants et polluants pour les eaux de surface, c'est faux, répliqua un Jürgen compatissant. Je suis désolé, il ne s'agit que d'un triste constat.

La jeune femme accusait comme un choc. Incrédule, les yeux embués par des larmes contenues, elle ne savait que répondre, réalisant que tout ce en quoi elle avait cru jusque-là, était faux.

Victor n'en revenait pas. C'était Suzie.

Chapitre 31

Il y eut, soudain, beaucoup d'agitation à l'extérieur. Roulant sans bruit, des véhicules étaient arrivés et des gens en descendaient, provoquant une grande effervescence autour d'eux.

Victor ne vit d'abord que des manteaux sombres, parfaitement taillés, ondulant à chaque pas sur des chemises et des pantalons clairs. Les hommes qui portaient ces vêtements magnifiques étaient tous rasés de très près, même sur le crâne et la nuque. Quant aux femmes, vêtues de la même manière, elles avaient toutes la même chevelure, à peine bouclée, tirée derrière la tête en queue de cheval.

Il ne vit qu'ensuite, la dureté de leurs regards sur des visages si fermés que plus la moindre expression ne s'en dégageait.

Le groupe, beau, fascinant, avançait vite, faisant voltiger les pans des manteaux sombres dans le sillage d'un homme court sur jambes. Lui seul, à mesure qu'il avançait, trahissait peu à peu une émotion de plus en plus palpable ; celle d'une colère profondément ancrée. Leurs pas cadencés tranchaient avec l'absolu silence ambiant. L'homme court avait cherché dans la foule des SDF. Il filait, droit devant lui, en direction d'un vieux sage. Sans prendre le temps de marquer la moindre pause, il le saisit au col, à deux mains, continua à marcher tout en soulevant et secouant le corps allégé par le grand âge. Il hurlait.

- VIEUX FOU, TU ES DONC VIVANT ! TU AS PRÉFÉRÉ PASSER TA VIE AVEC CES DÉGÉNÉRÉS, TU…

Il n'eut pas le temps d'en dire ni d'en faire plus. Victor, sans même réfléchir, avait bondi sur lui. Il sentit, aussitôt, la fermeté et la puissance qui se dégageaient du corps de cet homme. Il comprit aussi qu'il n'aurait pas le dessus. Mais la brute avait lâché le vieux sage. C'était l'essentiel. En un mouvement, le manteau sombre et court sur pattes avait mis Victor à terre. D'autres manteaux arrivaient à la rescousse. Ils furent arrêtés par la voix profonde du Prof.

- Vous vous trompez. Balthazar, c'est moi ! Laissez ce garçon !

L'homme aux jambes courtes avait perdu toute inexpression. Avec une moue dédaigneuse et pleine de morve, il dévisageait Le Prof, avançait vers lui, à pas lents cette fois.

Lorsqu'il ne resta plus que quelques mètres entre les deux hommes, les SDF tentèrent de s'interposer. D'un geste de la main, le professeur les dissuada.

- Vous ne nous ferez rien. Vous êtes perdus sans notre aide, et vous le savez parfaitement, lança-t-il, placide et calme, à l'homme qui s'était arrêté à deux pas du Prof. Comme si ces deux pas supplémentaires risquaient de lui faire écraser une mine antipersonnel et d'exploser avec elle ses courtes jambes.

- Vous savez qui je suis. Vous ne pouvez qu'une chose : m'obéir. Je suis le président héritier de sociétés qui possèdent tout. Je possède le monde… tenta-t-il encore.

- Il vous manque l'essentiel, la connaissance. Aujourd'hui, celle dictée par la cupidité qui vous a comblé a si longtemps comblé votre société égoïste, n'est plus suffisante. C'est nous qui l'avons.

- Ah, vous avez quoi ? Regardez-vous !
Regardez-les, dit-il encore en se tournant vers ceux qui l'escortaient, comme pour trouver un réconfort.
Les autres visages rasés de près n'exprimaient toujours rien, ou si peu. Peut-être un peu d'inquiétude, pensa Victor. L'épreuve de force était mentale, poussée son comble.

- Pour que le président en personne vienne à notre rencontre, c'est que vous nous accordez tout de même de l'importance, reprit le Prof.

- Vous prétendez avoir mis au point des procédés pour purifier les eaux polluées. Livrez-les-nous et vous aurez la vie sauve. C'est ça que je suis venu vous proposer.
Le chef de l'URISDÉ avait changé de ton. Il reconnaissait le pouvoir acquis par la communauté des SDF, mais ne voulait rien abandonner du sien.

- Cela serait trop simple. Admettez que vous ne possédez plus rien. Qu'à trop vouloir exploiter, vous avez tout usé, sans investir dans des solutions de préservation et de renouvellement. Vous avez réduit les peuples à de simples consommateurs, en leur interdisant la mémoire et en leur ôtant tout moyen d'initiative. Vous échouez. On ne peut pas uniquement consommer. Il faut renouveler, gérer, anticiper. Tout cela ne se réussit qu'avec la mémoire, qu'en utilisant le savoir et les leçons léguées par les générations précédentes. Bien entendu, cela fait des peuples avertis, réfléchis, capables de dire non. Vous n'en vouliez pas et, plutôt que de risquer les conflits, vous avez préféré les combler de confort matériel, pour qu'ils croient avoir atteint l'ère d'une société merveilleuse. Des consommateurs, juste bon à vous enrichir, vous et vos amis, tels des troupeaux d'élevage. Mais cela ne suffit pas à l'humain qui se nourrit aussi d'intellect, d'accomplissement personnel.

- Foutaises ! Livrez-nous vos procédés ou je tue cette fille. Vous y êtes très attaché je crois ! Non ?

L'homme au long manteau sombre et aux courtes jambes s'était précipité sur Annabelle. Aidé par deux autres de son escorte, il avait réussi à la maintenir au milieu des manteaux sombres et pointait sur elle une arme d'un modèle que Victor n'avait jamais vu.

Le visage du Prof n'exprimait plus la même impression de sérénité. Il consultait du regard les autres sages et les SDF réunis là pour négocier.

Entre les deux clans, les gardiens avaient pris position, pour protéger leurs chefs.

Que pouvaient bien faire les SDF, sans armes et menacés de voir exécuter celle qui occupait une si grande place dans leurs cœurs. Même Jürgen était partagé entre le désir de céder ses secrets pour sauver celle qu'il aimait, et celui de renverser, à tout jamais, ce pouvoir ne reposant que sur un absolu monopole de la distribution.

- Si nous refusons de livrer nos procédés, personne ne survivra. Ni elle, ni nous, ni vous, cria Victor.

- Encore ce petit traître qui, si mes renseignements sont exacts, a abandonné notre bonne société pour rejoindre ces prétendus enragés de la connaissance !

En hurlant ces mots, le président avait pointé son arme sur Victor qui s'était approché, presque à le toucher.

Un coup de feu retentit.

- Je ne ressens aucune douleur, pensa Victor.

Il vit Annabelle se dégager, les yeux exorbités du président, le corps rond s'affaisser sur les jambes trop courtes. Quelqu'un avait tiré sur lui. Pas un SDF, ils n'avaient pas d'armes.

Il vit Suzie, dans son uniforme de gardien, son arme encore pointée sur l'homme qui s'écroulait. Il vit aussi le coup tiré par l'homme d'escorte le plus proche du président et qui atteignit Suzie au thorax.

S'en suivit une indescriptible bousculade. Les SDF désarmés se précipitaient sur les longs manteaux sombres qui tiraient des coups de feu en espérant fuir. Quelques gardiens leur prêtaient main forte mais beaucoup d'autres avaient compris que la vérité, c'était de la bouche du vieux professeur qu'ils l'avaient entendue. Après quelques hésitations, furieux qu'on ait pu les berner à ce point, ceux-là se jetèrent dans la bataille, aux côtés des SDF.

Quelques manteaux sombres réussirent à atteindre leurs véhicules et à s'enfuir. La plupart furent tués par les gardiens eux-mêmes, avant d'y parvenir. Chez les SDF aussi, il y avait des morts et des blessés. Le Prof avait trébuché dans la bousculade. Comme quelques autres, parmi les plus vieux, il avait été piétiné. Dans les bras d'Annabelle, Il trouvait quelque réconfort. Mais, il le savait bien, il ne survivrait pas.

- Nous avons gagné. Il faut expliquer aux populations qu'il est possible de purifier l'eau, de restaurer les réseaux d'assainissement laissés à l'abandon. Il faut transmettre votre mémoire et vos connaissances à tous ces gens. Chacun d'entre eux en fera ce qu'il voudra. Cela ne donnera pas forcément une société idéale, sans conflits. Mais cela fera une société de femmes et d'hommes dignes. Dites-leur que la terre est pleine de fruits et d'amour, et que c'est gratuit. Quelques poètes, des philosophes vulgarisés en chansonniers, nous disaient si bien cela quand j'étais jeune. Ne soyez pas tristes. J'ai vécu si longtemps. Je suis heureux, et si fier de vous…

Il se mit à fredonner une mélodie très douce parlant d'un jardin appelé la terre, ou l'on pouvait se nourrir à toutes les saisons, sur la terre brûlante ou sur l'herbe gelée, et découvrir des fleurs qui n'avaient pas de nom… Un large sourire barrant son visage rajeuni, il partit ainsi, comme emporté par ce qu'il chantait, *« un petit ruisseau roulant sans une odeur, venait nous rafraîchir et poursuivait son cours… »*

- Il aurait pu changer le monde, répétait doucement Annabelle, caressant inlassablement le visage apaisé du vieil homme.

- C'est ce qu'il a fait, lui dit Jürgen. Avec la patience dont il a usé pour que l'intelligence l'emporte, il nous a montré comment changer le monde. À nous d'être à la hauteur…

Chapitre 32

Victor, tout à côté du Prof, avait étendu Suzie. Il examinait sa blessure et ne distinguait, à proximité aucune trace des précédentes cicatrices. Elle puisa quelques forces pour avouer au jeune homme qu'elle était la véritable fille du résistant, mais qu'elle n'avait pas cru ce que son père disait à propos de la « Mémoire interdite ». Le prenant pour un dément, ayant peur aussi des représailles, elle avait quitté son appartement depuis longtemps. Le ministère social de l'URISDÉ l'avait recueillie dans une institution où tous les enfants sans famille étaient éduqués et formés pour devenir policiers, gardiens, soldats…

- Je n'ai appris l'existence de mon clone que très récemment, lorsqu'ils m'ont donné la mission de la remplacer auprès de toi. Tu retrouveras la Suzie que tu aimes parmi les détenus, dans un camp de la ville haute, lui avoua-t-elle.

- Pourquoi as-tu tiré sur ce tyran ?

- J'ai compris à quel point vous aviez raison, ce qu'ils avaient fait à mon père, aux SDF aussi, et puis dans quel état de servitude il mettait les populations des villes en les abêtissant dans un faux-semblant d'opulence. J'ai eu peur qu'ils gagnent encore cette fois-ci. J'ai tiré, sans réfléchir, en pensant à mon père justement.

Les médecins de la Cité fermée se penchaient sur elle, confirmant à Jürgen que ses chances de survivre étaient bien minces, surtout si elle continuait à parler. Il leur fallait intervenir.

- Je me souviens de l'endroit où se trouve ce camp. Mon grand-père m'en avait parlé, dit Victor en se tournant vers ses amis.

- Je constate que tu n'as pas perdu la mémoire, eut le cœur de plaisanter le grand ami blond, rencontré un jour, au hasard d'une bouche d'égout.

Jürgen, Annabelle et Victor, flanqués de dizaines d'autres SDF et de « combinaisons noires » qui ne les surveillaient plus mais les protégeaient, se mirent en marche vers la prison. Ensuite, avec l'aide des résistants libérés, ils auraient à informer pour sortir de son hébétude une population déjà moins résignée.

Autour d'eux, attirées par l'odeur du sang, avec leurs trajectoires insensées, volaient quelques mouches aux reflets vert cuivré, magnifiques.

. . .

Remerciements
À <u>Maud Hillard</u> et les éditions Les 2 encres pour leur confiance lors de la première parution en 2002
À <u>mes enfants</u> devenus grands, à qui (petits) je racontais cette histoire totalement inventée et qui m'avaient mis au défi d'en faire un roman.
À <u>Georges Moustaki</u> pour son préambule, ses encouragements et son amitié.